만년 만에 귀환한 플레이어

나비계곡 퓨전 판타지 장편소설

WISHBOOKS FUSION FANTASY STORY

만 년 만에 귀환한 플레이어 8

나비계곡 퓨전 판타지 장편소설

초판 1쇄 찍은 날 | 2020년 02월 13일
초판 1쇄 펴낸 날 | 2020년 02월 20일

지은이 | 나비계곡
펴낸이 | 권태완 우천제

기획 | 위시북스
편집책임 | 한준만
편집 | 위시북스

펴낸곳 | (주)케이더블유북스
등록번호 | 제25100-2015-43호
등록일자 | 2015. 5. 4
KFN | 제2-21호

주소 | 서울시 구로구 디지털로31길 38-9, 401호
전화 | 070-8892-7937 팩스 | 02-866-4627
E-mail | fantasy@kwbooks.co.kr

ⓒ나비계곡, 2019

ISBN 979-11-293-4837-1 04810
　　　979-11-293-3914-0 (set)

만년 만에 귀환한 플레이어

나비계곡 퓨전 판타지 장편소설

WISHBOOKS FUSION FANTASY STORY

8

만년 만에 귀환한 플레이어

CONTENTS

◆ 1장 ◆
벼락은 두 번 친다

"에……."

에마뉘엘 아몽이 말끝을 흐렸다. 그는 침을 꿀꺽 삼키며 종이에 적힌 내용을 읽었다.

"그러면… 회의에 참여한 47개국 만장일치로 가디언즈에 대한 전폭적인 지원을 신속히 추진하도록 하겠습니다."

"……."

"구체적인 내용을 간략하게 나열하면 프랑스에서는 플레이어로 이루어진 특수 부대 '나폴레옹의 군마'의 요원 30명을 가디언즈에 파견, 이탈리아에서는 1천만 유로와 특수 부대 '카이사르'의 요원 17명을 파견, 영국에서는 원탁의 기사들 중 5인과 유명 셰프 고든 램지를 식당 관리자로 파견……."

그는 이마에 흐르는 땀을 훔치며 말을 이었다.

"중국에서는 천무진 님, 천소연 님 두 분과 휘하 천검문 무인 217명 파견. 일본에서는 쿠로사키 유리에 님을 비롯한 휘하 호위 부대를 전원 파견. 한국에서는 레드로즈 길드 13명과 차연주 님, 화랑부대 2군 전원, 분석 및 전략가로 유명 웹소설가 출신 흙수저 님과 제리엠 님이 파견됩니다. 다음은……."

간략하게 말한다 해도 47개국. 에마뉘엘의 말은 5분여 동안 이어졌다. 국가마다 차이가 있기는 했지만, 그들이 지원해 주는 수준은 예상을 한창 웃도는 것.

"……."

"어, 어떻게."

가이아를 비롯한 그레이스, 김시훈은 이런 상황을 조금도 예상하지 못했다는 듯이 입을 쩍 벌렸다.

정상 회의를 추진했을 때까지만 하더라도 이 정도의 지원이 올 것이라고는 상상조차 하지 못했다. 아니, 애초에 이 정도로 파격적인 지원은 국가 차원에서 함부로 선택하기 힘든 수준.

"여러분……."

믿지 못할 상황. 마치 기적이라도 일어난 것 같은 지금의 상황에 가이아의 뺨을 타고 투명한 눈물이 흘러내렸다.

"감사, 합니다."

그녀는 입술을 깨물었다.

지구에 남은 국가들이 서로 다른 이념과 인종, 종교를 막론하고 모이기 시작했다. 이것을 기적이라 부르지 않으면 무엇을 기적이라 부른단 말인가? 가슴이 떨렸다. 감격에 찬 눈물이 계속해서 뺨을 타고 흘러내렸다.

　"감, 사합니다."

　가이아의 화신이 된 후, 원래 이름조차 버렸다. 예언의 악마를 막아 세계를 멸망에서 지키기 위해 필사적으로 노력했다. 많은 사람이 그녀와 함께했지만, 그 이상의 사람들이 등을 돌렸다. 소중한 이들이 하나씩 사라져 갔고, 또 새롭게 들어왔다.

　두 눈이 멀었다. 세상이 너무도 어둡게 느껴졌다.

　두 다리가 움직이지 않았다. 세상이 너무도 넓게 느껴졌다.

　보이지 않는 망망대해에 홀로 남겨진 감각. 한 여인이 짊어지기엔, 아니, 한 인간이 짊어지기에는 너무도 무거운 짐.

　그녀의 가녀린 어깨가 떨렸다. 눈물이 멈추지 않았다.

　"가이아 씨."

　김시훈이 그녀의 손을 잡았다.

　그는 조금만 힘을 쥐어도 으스러질 것 같은 가녀린 손을 굳게 쥐었다. 지금 이 순간, 반드시 그녀에게 이 말을 해줘야 할 것만 같았다.

　"당신은 혼자가 아닙니다."

　"아⋯⋯."

짧은 탄성.

가이아는 손을 타고 흘러들어 오는 온기를 느꼈다. 그 무엇보다 따뜻하고, 든든한 기운.

얼굴이 화끈거렸다. 당신은 혼자가 아니라는, 김시훈이 내뱉은 목소리가 그녀의 귓가를 계속해서 맴돌았다.

아무것도 보이지 않았던 망망대해에 작은 빛무리들이 모여들기 시작했다. 어떤 것은 작았고, 어떤 것은 컸다. 하지만 그것들이 모여 어둠을 환하게 비춰주고 있는 것은 같았다.

"김시훈, 수호자님……."

"하하. 울고만 계실 때가 아니지 않습니까."

"아, 그, 그렇죠."

가이아는 붉어진 얼굴로 헛기침을 하며 고개를 들었다.

"다시 한번, 어려운 결정을 해주신 여러분들께 진심으로 감사드립니다. 파견해 주신 모든 병력의 목숨을 책임지겠다는 오만한 말은 하지 않겠습니다. 다만, 그들 중 누구도 무의미한 희생을 치르게 하지는 않겠다고 약속드릴 수 있습니다."

"……."

"세계는 풍전등화와 같은 상황입니다. 게이트에서는 아직도 몬스터들이 나타나고 있고, 악마교는 사탄의 손에 의해 세계를 멸망시킬 기회만 노리고 있습니다. 하지만."

허리를 곧게 폈다. 가녀린 여인이라고 생각하기 힘든, 당당하면서도 위압적인 기세가 뿜어져 나왔다.

"저희가 흘리는 피는 단 한 방울도 헛되지 않을 것입니다."

'캬, 대사 한번 끝내준다.'

"저희가 흘리는 피는 방울져 어둠을 밝히는 빛이 될 것입니다."

'그렇지! 잘한다, 우리 제수씨!!'

"파견한 인원이 몇 명이건, 얼마나 강하건 중요하지 않습니다."

'사람의 목숨에 숫자는 중요치 않으니까요오오오오오옷!!'

"작은 반딧불들이 모여 어둠을 밝히듯, 저희는 함께 모여 이 칠흑의 어둠을 헤쳐 나갈 것입니다."

'워매. 나 이러다가 제수씨에게 반하겠어, 시훈아!!'

짝짝짝짝!!

우레와 같은 박수 소리가 울려 퍼졌다. 강우는 손을 맞잡은 가이아와 김시훈 부부를 바라보며 흐뭇한 미소를 지었다.

'어이구. 잘한다, 내 새끼들.'

고개를 돌렸다. 회의석에 앉은 사람들의 표정이 보였다.

울먹거리며 몸을 떠는 모습. 그들이 왜 저런 반응을 보이지는 고민할 필요도 없었다.

'새끼들, 감동받았구나.'

이상하게 그가 독을 먹인 정치가들이 유독 심하게 울먹였지만, 아마 그것 또한 우연의 일치.

'세계 평화를 위해서 이렇게까지 지원을 퍼주다니……'

그들이 쏟아준 지원은 국가가 위태롭지 않을까 걱정될 정도로 큰 지원이었다. 이런 희생정신에 어찌 감동받지 않을 수가 있으랴.

"흐어어어엉."

프랑스 대사, 에마뉘엘이 참지 못하고 눈물을 흘리기 시작했다.

"개새끼… 천하의 쓰레기 새끼……"

작은 목소리로 중얼거리는 것이 들렸다.

강우는 탄성을 내뱉었다.

'악마교한테 저 정도로 깊은 증오를 가지고 있었구나.'

점점 커지는 중얼거림에 강우는 자리에서 일어나 에마뉘엘에게 다가갔다.

"헉!"

"그토록……. 그토록, 큰 증오를 가지고 계셨던 거군요."

"아, 아뇨, 그게……"

"걱정하지 마십쇼. 세계가 하나로 뭉쳤습니다. 저희들은 함께 힘을 합쳐 악마교와 싸울 수 있습니다!"

"그, 그렇죠! 그렇고말고요!"

에마뉘엘이 다급히 고개를 끄덕였다. 강우는 마주 잡은 그의 손을 힘 있게 움켜쥐었다.

"커헉!"

"하나 되어, 싸웁시다."

"아, 아악."

"빛이 당신과 함께할 것입니다."

"아, 아파."

"저도 아픕니다. 하지만, 이 아픔을 견뎌내셔야 합니다. 증오에 잡아먹히시면 안 됩니다."

"크흡……."

그의 뺨을 타고 흐르는 눈물이 한층 더 많아졌다.

'크으, 내 격려에 감동받은 모양이네.'

눈물까지 흘릴 정도니 얼마나 그의 진심이 전해졌는지 알수 있는 부분.

에마뉘엘은 감동에 찬 눈물을 멈추지 않았다. 온몸을 배배꼬면서 고통스러운 신음을 흘리고 있지만, 그는 분명 감동받았다.

'내가 또 사람 감동시키는 데는 재주가 많지.'

아무튼 감동받음.

"제길, 제기랄!!"

여인의 입에서 거친 욕설이 쏟아졌다.

눈처럼 새하얀 피부를 가지고 있는 여인의 이름은 율리아 빌코바. 악의 위상을 섬기는 신도이자, 악마교 내에서 중역을 맡고 있는 간부였다. 그녀는 아름다운 얼굴을 한껏 일그러뜨리며 입술을 깨물었다.

'당했어.'

가디언즈를 와해시키기 위해 공들여 마련해 둔 정치적인 세력. 몇 년을 걸려 쌓은 인맥들을 통째로 빼앗겨 버렸다. 우습지도 않은 하찮은 방법으로.

"제길!"

정말 하찮고, 한심한 수법에 당했다. 독약을 와인에 타서 먹인 다음 해독제를 미끼로 조종하다니. 쌍팔년도 무협지의 악역이나 사용할 법한 어처구니없는 방법.

'문제는.'

그녀는 주먹을 쥐었다.

그것이 고전적인 방법이든, 클리셰에 가까운 방법이든 중요치 않았다.

'효과가 좋다는 거야.'

목숨을 빌미로 한 협박. 일주일 이내에 해독약을 받지 않으면 끔찍한 고통 속에 몸부림치다가 죽는다는 공포.

그녀가 일부러 선별한 부패한 정치가들이 그 공포를 넘어선 신념을 가지리라는 기대는 할 수 없었다. 해독제를 받아내기 위해서라도 필사적으로 그자의 명령을 따를 것은 자명한 사실.

"후우."

깊은 한숨을 내쉰 그녀는 가늘게 눈을 떴다.

'일단 해독제를 만들어야겠군.'

가디언즈의 노예가 된 정치가들을 다시 활용하기 위해서라도 해독제를 만드는 것은 반드시 필요한 일.

"그리고⋯⋯."

그녀는 자신의 배를 더듬었다. 해독제를 만들어야 하는 가장 중요한 이유.

'나도 마셔 버렸으니까.'

그가 와인에 탄 독이 자신에게까지 영향이 있을지는 알 수 없었다. 그녀의 육체는 마기를 받아들임으로써 인간보다는 악마에 가까워졌으니까.

'그렇다고 가만히 넘길 수는 없지.'

악마의 육체를 지녔다고 독에 내성이 생기는 것은 아니었다.

'티베트로 가야 해.'

그곳에는 악마교 지부 중에서도 다섯 손가락 안에 꼽히는 규모를 가진 거대 지부가 있었다.

'가서 해독제를 개발한다.'

동시에 몸 안에 남아 있는 독을 없애야 했다.

"후우."

깊게 숨을 들이쉬자 끓어오르던 감정이 가라앉았다. 그리고 그녀의 눈빛도 깊게 가라앉았다.

"오강우, 라."

가디언즈라는 이름과는 전혀 어울리지 않는, 무언가 결정적인 것이 뒤틀려 있는 남자. 자신을 지그시 바라보던 그의 눈빛을 떠올리자, 왠지 모르게 피부 위에 소름이 돋았다.

'분명 뭔가 있는 놈이야.'

초조한 표정으로 발걸음을 옮겨 백악관을 나와 바로 공항으로 향했다. 공항에는 그녀가 타고 온 전용 제트기가 준비되어 있었다.

'어차피 불의 위상 님에 대한 일 때문에 가야 했으니까.'

그녀는 정체 모를 불안감으로 떨리고 있는 손을 움켜쥐며 티베트로 향하는 제트기에 몸을 실었다.

"가도록 내버려 두셔도 괜찮은 건가요?"

정상 회의가 열리고 있는 백악관. 발코니에 나와 바람을 쐬고 있는 강우의 뒤로 한 여인이 걸어왔다.

청초한 외모에 단아한 분위기를 풍기고 있는 여인. 하지만 그 얼굴과 몸짓에는 숨길 수 없는 색기가 가득 담겨 있었다.

"괜찮아. 일부러 가도록 내버려 둔 거니까."

쿠로사키 유리에, 아니, 리리스의 물음에 강우는 기지개를 켰다. 멀리서 율리아를 태운 채 사라지는 리무진의 모습이 보였다.

그는 몸을 돌려 방 안으로 들어왔다. 미국 측에서 제공해 준 그의 개인실. 마치 왕궁을 연상시키듯 화려한 가구들이 방안에 가득했다.

고급 가죽으로 만들어진 의자에 앉자 다가온 리리스가 의자 팔걸이에 걸터앉아 어깨에 손을 올렸다.

"언제부터 그녀가 악마교인 걸 아셨나요?"

"처음 만났을 때부터."

"흐응. 마기는 안 느껴지지 않았나요? 오늘 연회 전에 참석한 인간들을 한 번씩 확인해 봤는데 그때는 느껴지지 않았는데."

리리스는 팔걸이에 걸터앉은 채 왼팔을 뻗었다. 그녀의 왼팔이 끈적거리는 촉수로 변해 길게 늘어졌다.

촉수가 멀찍이 떨어져 있던 커피 잔을 잡아 강우의 앞으로 가져왔다.

"악마교는 마기의 기운을 심장 안에 숨겨 완전히 감추는 방법을 가지고 있어. 나도 그냥 봐서는 몰라."

"마왕님은 어떻게……."

"마왕님이라고 부르지 말랬지."

"아, 호호호. 죄송합니다. 강우 님은 어떻게 아시게 된 건가요?"

강우는 커피 잔을 집어 한 모금 마셨다.

"향."

"향이요?"

"욕망을 강제적으로 충동시키는 향을 사용했어."

마기를 처음 받아들이고, 육체가 악마의 것으로 변했을 때와 완전히 흡사한 감각. 아득한 시간이 흘렀지만, 그때의 기억이 사라졌을 리가 없었다.

그도 그럴 것이.

'지금도 참고 있으니까.'

악마의 육체가 가져오는 욕망의 충동에서, 파괴와 피의 갈망에서, 모든 욕구가 미쳐 날뛰는 악몽 같은 갈증을. 그는 계속 참아오고 있었다. 한순간도 참지 않았던 적은 없었다.

"이 정도로 악마의 충동을 흡사하게 만들 수 있는 놈들은 악마교밖에 없으니까."

세계적으로 뻗어 있는 악마교의 세력을 생각했을 때 국가의 정치권에까지 개입했을 여지는 전부터 생각해 둔 사실. 정상 회의에 악마교가 참여했다 하여 당황할 필요는 없었다.

'오히려 좋은 기회지.'

정상 회의에서 악마교를 마주친 것은 횡재라고 해도 과언이 아니었다.

강우는 자신의 손을 내려다보았다. 율리아와 악수를 나눴던 손. 오른손 검지 끝에 검은 핏방울이 살짝 맺혀 있었다.

그가 휴지를 들어 핏방울을 닦아내려 했다.

"앗, 제가 닦아드릴게요."

핏방울을 닦으려는 강우의 손을 리리스가 붙잡았다.

그녀는 먹잇감을 노리는 포식자처럼 입맛을 다시더니 이내 손가락 끝에 맺힌 피를 혀로 핥았다. 검은 핏방울이 리리스의 타액과 섞여 그녀의 입속으로 사라졌다. 간질거리는 느낌이 손가락을 자극했다.

"……왜 피가 났는지는 안 물어보네?"

"후훗. 대충 예상이 가니까요."

태연한 대답에 강우는 피식 웃음을 흘렸다. 역시 리리스는 이런 부분에는 눈치가 빨라서 편했다.

'발록이었다면 난리가 났겠지.'

차마 미국에 데려오지 못한 발록이 머릿속에 떠올랐다.

"아참, 독을 먹인 인간들은 어떻게 관리할까요?"

"아, 그건 관리할 필요 없어."

"관리할 필요 없으시다고요?"

리리스는 고개를 갸웃거리더니 이내 짧은 탄성을 내뱉었다.

"아. 그렇군요. 후후후. 과연, 관리할 필요가 없겠네요."

리리스는 짙은 미소를 지었다. 그러고는 손을 뻗어 강우의 뺨을 쓰다듬었다.

"그 율리아라는 인간도 참 멍청하군요. 마… 아니, 강우 님에게 미인계가 통할 리가 없는데 말이죠."

"응?"

그건 사실이 아니었다. 실제로 율리아가 준비한 미녀들이 달라붙었을 때 아슬아슬하게 이성의 끈을 붙잡고 있었으니까.

리리스의 얼굴에 18개의 눈이 돋아났다. 뺨을 쓰다듬는 그녀의 손이 끔찍한 녹색 촉수로 변하기 시작했다.

"강우 님은 이제 제가 아니면 만족할 수 없는 몸이 됐으니까요."

'아니야.'

"겉으로는 싫어하는 척하시지만, 몸은 솔직하다고요."

'아니라고, 시바.'

손을 들어 달라붙는 리리스를 살짝 밀어내자, 리리스는 아쉽다는 듯 뒤로 물러났다.

강우는 의자에서 일어섰다.

"그보다 각국의 협력도 얻었겠다, 슬슬 준비해야지."

"예."

리리스는 드레스의 자락을 들어 올리며 우아하게 허리를 숙였다.

"모든 것은 마왕님의 뜻대로."

티베트의 고산 지대. 그곳에 산 전체를 개발해 만든 거대한 악마교 지부가 위치해 있었다.

무려 수천 명에 달하는 악마교도가 거주하고 있는 대형 지부. 악마교라는 사이비 종교에 가까운 집단이 거주하는 곳이라고는 생각할 수 없을 정도로 그 내부는 현대적인 시설로 이루어져 있었다.

개미굴처럼 뻗어 있는 무수한 방들 중 병원의 응급실과 비슷한 방 안, 수술대에 누워 있는 여인 옆에 검은 로브를 입은 늙은 사제가 있었다.

사제는 조심스러운 목소리로 입을 열었다.

"……없습니다."

"뭐?"

무슨 소리를 하냐는 듯 수술대에 누워 있는 여인, 율리아가 눈살을 찌푸렸다.

늙은 사제가 다시 한번 입을 열었다.

"발견된 독이 없습니다. 흑마법으로도, 일반마법으로도, 현대 의학 기술로도 조사를 해봤지만 율리아님의 신체에는 아무런 이상이 없습니다."

"……뭐라고?"

율리아는 뒤통수를 한 대 후려 맞은 표정으로 입을 벌렸다.

"독이, 없다고?"

"혹시 기생충과 같은 종류인가 싶어서 그것도 확인해 봤습니다만……. 아무 이상도 없었습니다."

"……"

침묵이 내려앉았다.

머릿속이 복잡했다. 말로 형용할 수 없는 불길한 감각이 등골을 타고 전신에 퍼져 나갔다.

"잠, 깐."

율리아의 목소리가 떨렸다.

오강우라는 인간이 나눠주었던 술. 그리고 그 뒤에 있었던 일들이 그녀의 머릿속을 빠르게 스쳐 지나갔다.

"설마."

와인에 독을 탔다고 했다. 자신의 해독제가 없으면 일주일 후에 죽는다고 했다. 그 증거는?

"증거, 는……."

에마뉘엘 아몽. 그자가 고통에 몸부림치며 비명을 내질렀다는 것 하나. 고작 그 하나에 불과했다.

심지어 그는 플레이어조차 아닌 일반인이었다. 고레벨 플레이어라면 마력으로 압박만 해도 손쉽게 발작을 일으킬 수 있을 정도로 나약한 일반인 하나가 발작을 일으켰다는 것. 그것 이외에 와인에 독이 들어 있다는 그 어떤 증거도 없었다.

율리아는 떨리는 목소리로 중얼거렸다.

"왜…… 어째서?"

머릿속이 더욱 복잡해졌다. 그녀는 이해할 수 없다는 듯 멍한 표정으로 중얼거렸다.

이해할 수 없었던 것은 그가 아니었다. 너무도 쉽게 그의 말을 믿어버린 자신. 어째서, 그토록 쉽게 그의 말을 믿었는가.

그때의 기억이 머릿속에서 재생됐다.

'모르, 겠어.'

어째서 그의 말을 그토록 신뢰하게 됐는지 알 수 없었다. 지나치게 당당한 태도? 확신에 찬 눈빛? 와인에 탄 독이라는 클리셰? 떠오른 생각은 많았지만, 그 무엇도 확실하지 않았다. 율리아는 표정을 일그러뜨리며 이마에 오른손을 짚었다.

"……응?"

그때, 손바닥에 무언가 묻어 있는 것이 보였다. 검은 액체였다.

"뭐지?"

눈살을 찌푸렸다. 검은 액체를 손가락으로 찍어 가까이 눈앞에 가까이 대었다.

쿵쿵. 냄새를 맡아 보니 비릿한 냄새가 풍겼다.

"피……?"

그녀는 이해할 수 없다는 표정으로 고개를 갸웃거렸다.

◆ 2장 ◆
악어의 눈물

"전쟁… 준비요?"

가이아는 강우의 말을 이해할 수 없다는 듯 표정을 굳혔다.

강우는 고개를 끄덕였다.

"예. 세계 각국의 지원도 약속받았으니 이제 악마교와 본격적인 전쟁을 준비해야 합니다."

"하, 하지만!"

가이아는 당황스러운 표정으로 외쳤다.

"저희들은… 아직 그들이 어디에 있는지조차 알지 못합니다."

"적어도 한 곳은 알아냈습니다."

강우는 웃었다.

"티베트. 악마교의 중국 지부가 위치한 곳은 티베트의 산악 지대입니다."

[격변의 날 이후 최다 국가, 총 47개국 참여하에 이루어진 정상 회의.]

[하나로 뭉친 지구.]

[예상외의 결과…… 자국의 이익보단 세계의 평화를 선택한 정치가들.]

[미국을 중심으로 협력한 국가들……. 세계 연합의 명칭 '가디언즈'로 발표.]

충격적인 소식에 세계가 요동쳤다.

격변의 날. 전 세계의 반이 날아가고, 쏟아지는 몬스터에게 수많은 사람이 학살당할 때조차 이뤄지지 않았던 세계 연합. 각국의 자발적인 지원으로 만들어진 단체 가디언즈는 성대한 출범식을 마쳤다.

물론, 세계 연합이라고 해서 진짜 모든 군대와 플레이어들이 하나로 모인 것은 아니다. 경제 시스템을 공유하는 것도, 종교나 정치 체계가 섞인 것도 아니었다. 비유하자면 범국가적인, 초대형 길드가 탄생한 셈.

하지만 거의 모든 군대가 플레이어를 중심으로 한 소수 정예 부대로 개편된 지금. 강력한 플레이어로 이루어진 초대형 길드의 탄생은 '세계 연합'이라는 거창한 말을 붙이기 충분했다.

공식적으로 발표된 가디언즈의 수장은 그레이스 맥커빈. 그리고 그녀의 보좌 역이자 이인자로는 검룡 김시훈이 내정됐다.

검룡의 인선에 대해서는 꽤 논란이 많았다. 아무리 그가 신성이라고 하더라도 기존에 월드 랭커로 이름을 날렸던 천무진, 마햐바흐, 제이슨, 에밀리아 등 실력이 검증된 플레이어가 아니라는 것. 그 논란은 미국인 랭커 중 하나인 제이슨이 납득할 수 없다고 김시훈에게 결투를 신청하며 더욱 격렬해졌다. 하지만.

작성자(트레샤): 미친, 그 소식 들음??? 검룡이 제이슨 발라 버렸다는데??

솔직히 검룡이 발릴 줄 알고 방송도 안 봤는데 실화임?? 어케 이긴 겨?

└더 페이서: 나 그거 방송 봤는데 제이슨 걍 개 털리던데?

└나비계곡: 소문으로는 천무진도 이젠 김시훈한테 진다고 하더라고.

└흙수저: 아니 ㅋㅋㅋㅋ 천무진이 검룡 제자로 받아들인 지 1년도 안 지나지 않음? 먼치킨 개 오졌네. ㅋㅋㅋ

전 세계로 중계된 김시훈과 제이슨의 전투. 그곳에서 김시훈은 압도적인 위용으로 제이슨을 제압했다.

전혀 생각지도 못한 결과에 전 세계의 커뮤니티가 불타오른 것은 당연. 김시훈의 이름은 그레이스만큼 유명세를 띠고 전 세계로 퍼져 나갔다.

김시훈이 제이슨을 꺾은 이후로는 일사천리. 가디언즈의 이름 아래 모인 각국의 플레이어들은 각자의 특성과 특기에 따라 부대를 배정받아 단체 훈련에 돌입했다. 가면 뒤에 숨어 비밀리에 세계를 수호하고 있던 조직, 가디언즈가 본격적으로 세상에 모습을 드러내기 시작한 것이다.

"대, 대단하네요. 뉴스에 온통 가디언즈랑 시훈 씨에 대한 얘기밖에 없어요."

TV 채널을 돌리던 한설아가 입을 벌렸다. 햇병아리였던 시절부터 김시훈과 함께 파티를 꾸려온 그녀이니만큼 그의 이름이 세계적으로 퍼져 나가는 모습은 뭔가 실감이 나지 않을 것이다.

"뭔가 시훈 씨랑 멀어진 기분이네요."

"이제는 설아 너도 가디언즈잖아."

"아, 그, 그랬었죠."

가디언즈는 수호자로만 이루어진 조직 체계에서 벗어나 본격적으로 모습을 드러낸 이후, 빠른 속도로 몸집을 키우고 있었다. 세계를 지키는 비밀 조직. 말만 들으면 그럴싸하지만, 당연히 머릿수가 많은 편이 훨씬 더 할 수 있는 것이 많았다.

'더 이상 비밀 조직만의 이점을 찾기도 힘들고.'

비밀 조직이 제값을 하기 위해서는 적, 즉 악마교가 가디언즈의 존재에 대해서 몰라야 했다. 그래야 뒤통수를 치든 뭘 하든 하지 않겠는가.

'지금은 그럴 수 없지.'

가디언즈의 존재는 악마교 내부에 이미 퍼질 대로 퍼져 있었다. 고작 50명밖에 안 되는 소규모 지부마저 가디언즈를 알아봤으니 다른 지부는 생각할 필요도 없었다. 그런 상황에서 계속 비밀 조직을 고수하는 것은 미련한 짓. 당당히 그 이름을 세상에 공표하고 나가야 할 때였다.

"맨날 똑같은 얘기. 그만 좀 방송했으면 좋겠어."

강우의 무릎 위에 앉아 있던 에키드나가 뾰로통하게 뺨을 부풀렸다. 강우는 피식 웃으며 그녀의 머리를 쓰다듬었다.

"왜?"

"저것 때문에 리제로 재방송이 취소됐어. 마지막 화였는데……."

그녀는 불만 가득한 목소리로 발을 동동 굴렀다.

'즐겨 보는 만화인가.'

에키드나는 용언마법을 수련하는 시간 외에는 TV를 자주 봤다. 그중에서도 가장 좋아하는 것은 애니메이션. 초롱초롱 눈을 빛내고 TV를 보는 그녀를 보는 것은 강우의 소소한 낙 중 하나였다.

'얼른 이 빌어먹을 놈들을 처리해야지.'

느긋하게 소파에 누워 TV나 보며 유유자적하는 것이 그의 궁극적인 목표. 하지만 시간이 흐르면 흐를수록 점점 더 그날 이 멀어지는 것처럼 느껴졌다.

'고대 마물에, 대공에, 천계에.'

거기에 가이아와 티리온이 있는 신계까지.

'이러다가 나중에 뭐 중원 세계도 나오고 하는 건 아니겠지.'

차원의 벽을 지키는 가이아의 수호가 사라지면서 세계 전체 가 짬통이 되어가고 있었다. 솔직히 이제 어떤 세계가 튀어나 와도 '아, 그런 곳도 있었구나'라며 넘어갈 수 있을 것 같은 기 분. 다른 차원이 끼어들수록 그가 갈망하는 유유자적한 삶이 점점 멀어져 갔다.

"끄응."

강우는 고개를 저었다. 해결할 방법이 없는 일을 고민해도 의 미 없는 일. 지금은 당장 눈앞의 일을 처리하는 것이 우선이었다.

"가이아 씨, 표정이 안 좋으신데……. 뭐 불편하신 거라도 있으신가요?"

소파에 앉아 있는 가이아에게 다가간 한설아가 걱정스러운 표정으로 물었다.

"아, 아무것도 아닙니다."

가이아는 당황한 목소리로 고개를 저었다. 강우는 어딘가 초조한 표정으로 안절부절못하는 가이아를 바라보았다.

'어색하긴 하겠지.'

그녀가 강우의 집에 와서 살기 시작한 것은 가디언즈의 출범식이 있고 난 이후.

평소 그녀의 수발을 들어주던 그레이스가 정신없이 바쁜 일정을 소화하기 시작하면서 대신 수발을 들어줄 사람이 필요해진 것이다. 그레이스를 표면에 내세워 숨겼을 만큼 가이아는 중요한 인물이었고, 신뢰할 수 있는 사람이 그녀를 맡아줄 수밖에 없었다.

"……그레이스 씨나 시훈 씨나 모두 쉴 틈 없이 바쁘실 텐데 제가 이렇게 느긋이 있어도 되는지 모르겠어서요."

"괜찮습니다. 저희 편하라고 하는 일도 아닌데요, 뭐."

이번 가디언즈가 정식으로 공표되면서 의도적으로 강우와 가이아의 존재를 숨겼다.

강우를 숨긴 이유는 가디언즈의 가장 강력한 전력이자 강점을 적들에게서 숨기기 위해. 가이아를 숨긴 이유는 가디언즈의 가장 치명적인 약점을 숨기기 위해서였다. 몸을 숨긴 이유는 달랐지만, 정신없이 바쁜 다른 사람들에 비해서 한가한 시간을 보내고 있다는 사실은 같았다.

"강우 씨는 그 티베트에 있다는 악마교 지부에 대해서 조사해 보셨나요?"

"예. 며칠 전에 갔다 왔습니다. 예상대로 규모가 크더군요."

들킬 위험이 있기 때문에 주시자의 권능을 통해 대략적으로 살펴본 것이지만 그 규모는 중동에 있던 지부와는 차원이 달랐다.

산의 내부를 개조해서 만든 지부에 거주하는 악마교도만 해도 대략 잡아 5천 명 이상. 그곳에 거주하고 있는 악마들도 상당수 있다는 것을 고려하면 그 숫자는 더욱 늘어났다. 현재까지 발견된 악마교 지부 중에서 단연코 가장 큰 규모의 지부였다.

"……진짜 전쟁이 되겠네요."

"그렇겠죠."

고개를 끄덕였다.

과거 수십, 수백만 단위로 싸웠던 전쟁은 더 이상 존재하지 않는다. 플레이어라는 소수의 초인 위주로 전쟁이 진행됐기 때문에 5천 명의 악마교도는 결코 가볍게 볼 수 없는 숫자였다.

"강우 씨는… 이번에 참전하지 않으신다고 하셨나요?"

"참전 자체는 할 겁니다. 다만, 전면에는 나서지 않을 생각입니다."

강우의 단호한 말에 가이아의 표정이 어둡게 물들었다. 그는 담담한 목소리로 말을 이었다.

"필요한 일입니다."

이 부분에 대해서 타협할 생각은 없었다.

당연하지만, 강우와 발록, 리리스가 나선다면 전쟁은 훨씬 더 쉬워질 것이다. 아니, 만약 대공급의 존재만 없다면 셋이서 악마교의 거대 지부를 쓸어버리는 것도 불가능은 아닐 것이다. 하지만.

'언제까지고 나 혼자 싸울 수는 없어.'

물론 대공과 같은 '숫자가 무의미'한 적을 상대로는 자신이 직접 나서야 할 것이다. 그렇지만, 모든 전투에 나설 수는 없다. 혼자서 모든 것을 할 수 있다고 생각하는 것은 기만이다.

'그리고.'

연회장에서 떠들던 정치가들의 말을 떠올렸다.

악마교에 대한 긴장감이라고는 조금도 찾아볼 수 없는 그들의 모습.

사실 이번에 가디언즈에 들어온 플레이어들의 모습도 별반 다르지 않았다. 훈련은 하는 둥 마는 둥. 억지로 끌려왔다는 것을 티 내기라도 하듯 온갖 사건 사고가 끊이질 않았다.

어차피 악마교 따위 무섭지도 않으니 가디언즈의 명성을 이용해 신나게 뽑아먹을 만큼 뽑아먹겠다. 그것이 지금 플레이어들의 마인드였다. 실제 그 명성을 악용하여 뒷돈을 챙기는 사례도 적발되었다.

'너무 쉽게 이겼어.'

강우 자신의 힘이 워낙 강한 탓에 이제까지 위협을 너무도 쉽게 넘겼다. 플레이어들은 피를 흘린 경험도, 악마교에게 경각심을 가질 기회도 없었다. 단순히 그들에게 악마교는 위험하다고 떠들어서 될 문제가 아니었다.

'알아야 해.'

지금 이대로 간다면 안일함에 빠져 자멸할 것은 불 보듯 뻔한 일. 악마교가, 악마가 얼마나 강력하고 두려운 존재인지 인지해야 했다. 그로 인해 많은 피를 흘리더라도.

"이번에 각 국가의 정치가들하고 얘기하면서 가이아 씨도 느끼지 않으셨습니까?"

"……."

"정말, 이대로 괜찮다고 생각하십니까?"

무거운 침묵이 내려앉았다.

가이아는 얇은 입술을 깨물더니 천천히 고개를 저었다.

"아뇨. 위험하다고 생각합니다."

'다행이네.'

적어도 이 상황에서 억지를 부릴 정도로 멍청하지는 않은 모양. 그녀 또한 사태의 심각성은 잘 이해하고 있을 것이다.

"단순히 경각심을 일깨우자고 이런 선택을 한 건 아닙니다."

나지막이 말을 이었다. 만약 정말로 '경각심'만을 일깨우기 위해서라면 다른 방법도 있을 것이다. 하지만 그럼에도 이번 전쟁을 플레이어들이 주도하도록 유도한 이유.

'전체적인 전력을 상승시킬 필요가 있어.'

피를 흘릴수록 강해진다는 것은 일반적으로는 개소리였지만 플레이어에게는 달랐다. 그들은 싸울수록, 목숨을 건 전투를 할수록 강해졌다. 단순히 전투 경험을 쌓아 노련해진다는 의미가 아니었다.

'레벨 제한과 경험치.'

일반적인 플레이어가 레벨 제한을 푸는 방법 중 가장 일반적인 것이 '강력한 보스 몬스터를 잡을 때'와 '목숨이 경각에 달할 때' 이 두 가지였다.

악마와의 전투는 이 두 가지를 모두 충족시켜 줄 수 있었다. 그들은 보스 몬스터 이상의 막대한 경험치를 주었고, 목숨에 위험을 느낄 일도 많았다. 즉, 이번 전쟁을 통해 플레이어들이 어마어마한 성장을 이룩할 수 있다는 것.

'월드 랭커급이 최소 30명은 넘어야 해.'

루시퍼와의 전투를 생각하면 그 정도는 만들어둬야 했다. 대공에게 '의미 있는' 공격을 할 수 있는 건 월드 랭커급이 아니고서야 불가능했으니까.

"전에 저희가 흘리는 피가 빛이 되어 어둠을 밝힐 것이라 말씀하셨죠."

"그렇습니다."

가이아는 무거운 목소리로 말했다.

강우는 가늘게 떨고 있는 그녀의 어깨에 손을 올렸다.

"이번 전쟁이 그 말을 증명할 기회입니다."

"전군, 준비!!"

세계에 가디언즈가 공표된 이후 2개월. 기초적인 훈련을 마친 가디언즈의 부대원이 티베트에 집결했다.

세계 각지에서 모인 플레이어들의 숫자는 1만. 전원 7차 각성 이상의 플레이어로만 구성된 정예 중의 정예들이었다.

"진군!"

선두에 선 그레이스가 일갈을 내뱉었다.

중세시대의 전투처럼 말을 탄 것도 아니었지만 질주하는 플레이어들의 숫자는 경이로웠다. 선두를 맡은 전사 클래스 플레이어들은 말은커녕 자동차가 우스울 정도의 속도로 달려갔다.

"야! 악마교 모가지 하나당 50만 달러란다!"

"캬, 이딴 사이비 광신도 새끼들 하나가 그만큼 준다고?"

진군하는 플레이어들의 얼굴에는 긴장감이 전혀 비치지 않았다. 그들은 서로의 대열조차 지키지 않으며 무작정 악마교가 숨어 있는 산을 향해 돌진했다.

콰과과과광!!!

끔찍한 폭음과 함께 뿌연 연기가 피어올랐다.

곧이어 검은 마기를 뿌리는 마물과 악마들, 그리고 검은 로브를 입은 악마교도들이 산자락에서 나타났다.

"제길! 이, 이곳을 어떻게 알고……?"

"막아!"

-크하하하! 산자락에 처박혀 지루하던 차에 잘됐구나!

-나! 칠천지옥의 악마, 말퓨리온 님이 너희들을 상대해 주마!

악마들과 플레이어들의 전투가 시작됐다. 끔찍한 비명과 폭음, 폭염과 한기가 뒤섞여 사방에 퍼져 나갔다.

"시작, 됐네요."

안전한 후방에서 강우와 함께 전쟁의 시작을 지켜보던 가이아가 말했다.

강우는 고개를 끄덕였다.

"예, 시작했습니다."

참담한 목소리로 대답했다.

전장에 나간 가디언즈들이 필사적으로, 죽을힘을 다해 싸우고 있었다. 피를 흘리는 그들의 모습이 가슴을 아프게 만들었다.

'구경만 할 수는 없지.'

남들이 피를 흘리며 열심히 싸우는 모습을 가만히 지켜보고만 있을 생각은 없었다.

강우의 손에서 나온 검은 연기가 플레이어와 교전 중 죽은 악마의 시체로 뻗어 나갔다.

[띠링.]

[‘영혼을 거두는 자’ 특성이 발동됩니다.]
[만마전의 ‘깊은’ 쪽으로 향하는 통로가 확장되었습니다.]

"모두들 싸우고 있습니다."

시스템의 알람을 들으며, 슬픔에 찬 목소리로 말을 이었다.

"저들이 흘리는 피는 헛되지 않습니다. 피를 흘림으로써 가디언즈는 더욱 강해질 것입니다."

[‘영혼을 거두는 자’ 특성이 발동됩니다.]

입꼬리가 자연스럽게 승천하기 시작했다.

"더 나은 미래를 위해, 이 세계의 평화를 지키기 위해 인류는 한 발짝 나아갈 것입니다."

'아, 슈바.'

['영혼을 거두는 자' 특성이 발동됩니다.]

계속해서 들리는 방울 소리.

'웃으면 안 되는데.'

악마들과 필사적인 전투를 치르고 있는 가디언즈. 그들을 지켜보는 입장에서 가슴이 타들어 갈 것만 같았다.

['영혼을 거두는 자' 특성이 발동됩니다.]

'아, 진짜 웃으면 안 되는데.'

어쩔 수 없는 일이라고는 하나, 피를 흘리는 그들을 바라보면 절로 주먹이 쥐어지는 것이 사실. 빛의 용사 오강우의 뺨을 타고 눈물이 흘러내리는 것은 당연했다.

['영혼을 거두는 자' 특성이 발동됩니다.]

'이상하다, 나 지금 엄청 슬픈데.'

왠지 그 이유는 알 수 없지만, 입꼬리가 계속 올라가며 실실 웃음이 흘러나왔다.

밥 중에 가장 맛있는 것이 공짜 밥이라고 했던가.

'아, 진짜 너무 슬프다. 눈물이 멈추지 않아.'

강우는 눈에서 흐르는 눈물을 훔치며, 차마 전장을 볼 수 없다는 듯 고개를 떨궈 활짝 미소 지은 입가를 숨겼다.

'푸헤헤헤헤헿헿.'

◆ 3장 ◆
불의 위상

콰드드득! 쿠웅!

"아아악!"

"뭐, 뭐야!"

플레이어들은 두 눈을 부릅떴다. 경악에 빠진 그들 사이를 5미터의 거구를 가진 악마가 질주했다.

"마, 막⋯⋯."

퍼억!

앞선 플레이어가 입을 열기도 전에, 악마의 무릎이 그의 가슴을 올려 쳤다. 그러자 전사 클래스를 지녔던 플레이어의 상반신이 단 일격으로 터져 나갔다.

-신성한 전투에서 지금 뭐 하자는 짓이지?

악마는 불쾌하다는 듯 표정을 일그러뜨렸다. 지금 눈앞의 인간들이 '방심'하고 있다는 것이 전해져 절로 헛웃음이 흘러나왔다.

'악마를 앞에 두고 방심했다고? 감히 인간 따위가?'

사슴이 호랑이를 눈앞에 두고 느긋하게 하품하는 격. 지금 인간들의 모습은 딱 그러했다. 모두 힘을 합쳐 달려들어도 모자랄 판에 오합지졸로 찢어진 그들의 모습에는 모욕감까지 느껴졌다.

-너희들은 내게 모욕감을 줬어.

죽을 이유는 그것으로 충분하다. 악마가 몸을 움직이기 시작했다. 폭음과 비명이 전장에 울려 퍼졌다.

"대, 대체 뭐야!"

"아, 악마가 이렇게 강했다고……?"

그제야 플레이어들의 눈에 공포가 서리기 시작했다. 이제까지 들렸던 악마교의 소식과는 이질적인 그들의 위용. 한국, 중국에 이어 남미까지. 손 한번 제대로 써보지 못하고 학살당했다는 나약한 악마의 모습은 조금도 보이지 않고 있었다.

쿵!

그때 푸른 기운을 전신에 두른 청년이 발을 박찼다. 그는 전장을 질주해 눈 깜짝할 사이 악마의 거체 앞에 도달했다.

몸을 낮춘 청년은 왼발을 뒤로 빼낸 후, 오른발로 진각을 찍으며 숏구쳤다.

좌악!

-커헉!

플레이어들을 휩쓸던 악마의 몸이 사타구니부터 길게 갈라졌다.

"거, 검룡."

"검룡이다! 검룡이 왔어!"

"사, 살았다!"

악마들에게 신나게 휘둘리고 있던 플레이어들이 환호성을 내질렀다.

"당신들."

김시훈이 몸을 돌렸다.

"하하! 이야, 역시 제이슨을 이기신 게 운이 아니… 커헉! 큭!"

김시훈은 손을 뻗어 실실 쪼개는 플레이어의 멱살을 잡았다.

"지금 뭐 하는 짓입니까."

"에……."

쿵!

"뭐, 하는, 짓, 입니까."

"커헉! 자, 잠깐 놔, 놔……."

어마어마한 기세로 뿜어져 나가는 살기. 그는 타오르는 눈으로 플레이어들을 돌아보았다.

"꺼지십쇼."

"예?"

"대열도 지키지 않는 머저리들은 필요 없습니다. 지금 당장 꺼지라고 했습니다."

"……."

거친 욕설에 침묵이 내려앉았다.

플레이어들은 꿀꺽 침을 삼키며 서로의 눈치를 살폈다. 소문과 달리 악마는 끔찍하게 강했다. 전장 한복판에서 버려진 것이나 마찬가지인데 살아서 돌아갈 수 있을 리가 만무.

"하, 한 번만 기회를 주십시오!"

"악마가 이렇게 강하리라고는 생각 못 했습니다!"

"……."

목숨을 구걸하는 듯 절박한 목소리. 김시훈은 마음에 들지 않는다는 듯이 표정을 일그러뜨렸다.

"하아."

한숨을 내쉬었다. 마음 같아서는 정말 전장 한복판에 버려 버리고 싶었지만 그럴 수는 없었다.

'그럴 때가 아냐.'

입술을 깨물었다.

고개를 돌려 전장을 살폈다. 전황은 처참했다. 악마교와 악마들이 이렇게 강할 것이라 상상도 못 한 듯 플레이어들은 경악에 찬 표정으로 혼란에 빠졌다.

"제길."

강우의 말이 떠올랐다.

'형님의 말이 맞았어.'

모든 것이 지나치게 순조롭게 해결되어 버렸다. 오강우라는 경이로운 힘을 가진 존재 하나 때문에. 온실 속의 화초처럼 지켜지기만 했던 인류의 지금 모습은 한심스러울 정도.

마치. 자신처럼.

"……."

굳게 입을 다물었다. 악마의 강력함에 당황하는 플레이어들의 모습에 자신이 모습이 겹쳐 보였다.

'나도.'

손에 쥔 검을 내려 보았다. 가늘게 떨리고 있는 손. 몸을 잠식하는 공포. 악마를 바라보는 것만으로도 숨이 막히는 감각. 붉은 악마 가면. 칠흑의 장막 속에서 태어난 것처럼, 오롯이 가면만이 떠올라 있던 그의 모습.

'처절하게 발버둥 쳐라. 발버둥 치며, 나를 기억하라.'

낮게 깔린 목소리. 그를 떠올리는 것만으로 정신이 혼미해졌다.

"이래서야."

그들과 다를 바 없었다. 자신의 한심한 모습에 헛웃음이 흘러나왔다.

김시훈은 주먹을 움켜쥐었다. 굵은 힘줄이 돋아났다.

'언제까지, 애새끼처럼 뒤만 따라다닐 생각이냐.'

스스로에게 말했다.

쿠구궁!!

거칠게 발을 굴렀다. 단전에서 뿜어져 나온 푸른 기운이 휘몰아쳤다.

"하나 되어, 싸워라!"

내공을 담은 큰 외침은 전장의 폭음을 뒤덮을 정도였다. 그에 플레이어들과 악마, 악마교의 시선이 김시훈에게 집중됐다.

김시훈은 발을 박차고 달려들었다. 인간으로서는 절대 이길 수 없을 것 같은, 거대한 육체와 흉측한 외모를 가지고 있는 악마를 향해 검을 내려 그었다.

좌아아악!

검은 피 분수가 뿜어졌다. 악마를 단칼에 썰어버리는 압도적인 위용. 예상치 못한 악마의 강력함에 큰 혼란에 빠져 있던 플레이어들은 뜨거운 눈빛으로 김시훈을 바라보았다.

그가 검을 높게 들어 올렸다. 원형으로 퍼져 나간 푸른빛이 눈이 부실 정도로 타올랐다. 영혼을 쥐어짜 내듯, 거친 목소리로 외쳤다.

"가디언즈를 위하여!!!"

"와아아아아!!!"

플레이어들이 내지른 함성이 전장을 울렸다.

격해지는 전투. 악마와 플레이어들의 처절한 교전. 후방에서 상황을 살피던 강우는 눈물을 훔치며 고개를 돌렸다.

"각오했었는데, 역시 가만히 보고 있기는 힘드네요."

"강우 씨……."

가이아가 걱정스러운 목소리로 그를 불렀다.

강우는 고개를 저으며 몸을 돌렸다.

"잠시 나가 있겠습니다."

"예."

그리고 후방에 설치된 지휘 막사에서 나왔다.

"슈바."

밖으로 나온 강우는 자신의 뺨을 툭툭 때리며 고개를 저었다.

"하마터면 웃을 뻔했네."

분위기를 잡아야 한다는 사실을 알고 있음에도 계속해서 울리는 메시지창에 절로 미소가 지어지는 것을 막기는 힘들었다.

그 웃음 속에는 이제까지 온갖 발암 짓을 일삼았던 신입 가디언즈의 플레이어에 대한 통쾌함도 섞여 있는 것이 당연.

'이번 일로 잘 숨아내졌으면 좋겠네.'

이런 비유를 사용하는 것이 옳을지는 모르겠지만, 이번 전쟁은 어떤 의미로는 '정제' 작업이었다. 악마가 지닌 힘에 대해 공포를 느꼈음에도, 그 공포를 극복하고 끝까지 싸운 플레이어들을 선별하기 위한 전쟁.

탁.

가볍게 발을 박찬 강우의 몸이 공중으로 떠올랐다. 그가 향한 곳은 전장이 훤히 내려다보이는 산의 정상. 그곳에는 그의 직속 부하라고 할 수 있는 네 명이 그를 기다리고 있었다.

빛의 용사라는 허물이 필요 없는, 오강우란 악마의 진짜 얼굴을 알고 있는 이들. 에키드나, 발자하크, 발록, 리리스. 그들을 향해 걸어갔다.

가장 먼저 달려온 것은 에키드나. 쪼르르 달려온 에키드나가 그의 소매를 붙잡았다.

"설아는?"

"후방에 있는 힐러 부대에 속해 있어."

"끌끌끌. 제 데스 나이트가 그녀를 비밀리에 지키고 있으니 걱정하실 필요 없습니다."

발자하크가 손에 쥔 지팡이를 찍었다. 음산한 웃음소리가 깔렸다.

"레이날드의 시체를 사용해 만든 최고의 데스 나이트지요. 어지간한 구천지옥의 악마들도 그를 이길 수는 없을 겁니다."

"그래."

강우가 고개를 끄덕이며 전장이 내려다보이는 바위에 걸터앉자, 눈을 빛낸 에키드나가 그의 무릎 위를 노렸다.

"읏."

"후훗. 꼬맹이는 잠시 뒤에 있으렴."

에키드나의 몸을 뻗어 나온 촉수가 붙잡았다. 발버둥 쳤지만, 상대는 리리스. 대공과도 싸울 수 있다는 대악마 중의 대악마였다.

"이거 놔."

에키드나가 날카롭게 그녀를 노려보았다. 리리스는 어깨를 으쓱이며 무시했다.

강우에게 다가간 리리스가 농염한 목소리로 말을 이었다.

"강우님. 커피 한 잔 타드릴까요?"

"부탁해."

커피를 받아 든 그가 전장을 내려다봤다.

'생각보다 잘 싸우네.'

애초에 전력 자체는 크게 꿀리지 않았다. 단순히 악마들이 지닌 힘에 대해 지나치게 무지했을 뿐.

첫 교전에서 혼란에 빠져 큰 피해를 받는 모습을 보고 걱정했지만, 김시훈의 화려한 퍼포먼스 덕분에 혼란이 빠르게 가라앉을 수 있었다.

'잘했다, 내 새끼!'

김시훈의 기특한 모습에 박수라도 쳐주고 싶은 심정.

아무리 피를 흘릴 각오를 했다 하지만 압도적으로 학살당하는 그림은 바라지 않았던 것이 사실. 김시훈 덕분에 최악의 상황은 면할 수 있었다.

"그럼."

이 정도면 플레이어들에게 경각심을 심어주는 목적은 달성했다. 교전이 길어지는 와중 마력을 뿜어내며 각성하는 플레이어도 몇몇 보이기 시작했다. 이제 슬슬 움직일 차례였다.

"준비해."

강우가 낮게 말했다.

발록과 리리스, 발자하크가 한쪽 무릎을 꿇었다. 고개를 두리번거리던 에키드나도 이내 무릎을 꿇었다.

"교전에 정신이 팔린 사이에 악마교 지부 내부를 급습해라."

"지부 내부에 남아 있는 인간들은 어떻게 하면 되겠습니까?"

발록의 질문.

"새삼스럽게 뭘 물어보고 그래?"

강우는 입가를 비틀어 올렸다.

그의 말마따나, 물어볼 가치도 없는 일이었다. 지옥에서 보낸 만 년이라는 아득한 시간 동안 그의 행동 원칙은 단 하나였다.

"악의에는 더 큰 악의로."

그가 덤덤히 입을 열자 발록이 씨익 웃으며 답했다.

"살의에는 더 큰 살의로."

몸을 일으킨 강우는 산 전체를 개조해서 만들어낸 악마교의 거대 지부를 내려다보았다.

"다 쓸어버려."

콰앙!! 쿵!

"아아아아악!!"

비명 소리가 통로를 가득 메웠다. 짙은 피 냄새와 끔찍한 폭음이 감각을 멀게 만들었다.

지진이라도 난 듯 뒤흔들리는 통로를 한 여인이 달리고 있었다.

"허억! 허억!"

율리아 빌코바. 악의 사도라는 중책을 지닌 악마교의 핵심 간부. 그녀는 필사적으로 붕괴하는 터널을 벗어났다.

"제길, 제길!!"

아름다운 그녀의 얼굴이 흉악하게 일그러졌다.

교단 내에서 다섯 손가락 안에 드는 거대 지부, 티베트 사원. 그곳이 멸망할 위기에 처해 있었다.

'이렇게 된 이상.'

그녀는 입술을 깨물었다. 아직 모든 준비가 끝난 것은 아니었다. 지금 섣부르게 움직였다가 돌이킬 수 없는 일이 일어날 위험도 존재했다. 하지만.

'다른 방법이 없어.'

이대로 있다가는 티베트 지부가 멸망할 것은 불 보듯 뻔한 상황. 다른 선택의 여지가 없었다.

드르르륵.

거대한 산의 내부. 그 중심으로 향하는 문이 열렸다.

문이 열리자 숨이 턱 막히는 강렬한 열기가 그녀를 덮쳤다.

"깨워, 야, 해."

불의 위상. 불길의 제왕. 탐욕의 대공, 마몬을 깨워야만 했다.

"내부에 적이 침입했다고?"

"그, 그렇습니다!"

다급한 사제의 목소리에 율리아는 거칠게 표정을 일그러뜨리며 손을 들어 올렸다. 그러자 마법이 펼쳐지며 지부 내부의 모습이 CCTV처럼 비쳤다.

"허업."

영상을 확인한 율리아는 입을 쩍 벌렸다.

믿을 수 없는 광경이 펼쳐지고 있었다.

'대체 왜 발록이 여길……'

이해할 수 없는 일이 일어났다. 인간들의 습격까지는 그렇다 할 수 있지만 발록이라니.

'그때 가디언즈에게 죽은 게 아니었단 말인가?'

가디언즈에게 죽었다고 전해 들은 발록이 기지 내부에서 날뛰는 모습에 아연해졌다.

기지를 습격하고 있는 것은 발록만이 아니었다.

'저 꼬맹이랑 해골바가지는 누군지 모르겠지만.'

그 둘도 어지간한 악마로는 비빌 수 없는 강력한 힘을 가지고 있다는 것은 사실. 게다가 지금 지부 입구에서 그들을 습격하고 있는 가디언즈조차 아닌 것 같았다.

'마기를 사용하고 있어.'

궁극적인 적을 악마로 두고 있는 가디언즈에서 마기를 사용하는 존재를 아군으로 용납할 리가 없었다. 아니, 마기를 사용하고 자시고 일단 발록과 언데드가 있었다. 가디언즈일 리가 없었다. 즉, 지금 외부에서 공격하는 가디언즈의 세력과 내부로 침입한 셋은 다른 세력이라는 의미.

"제길! 이게 무슨……."

율리아는 갑작스러운 사태에 테이블을 후려쳤다. 거대한 테이블이 두 쪽으로 박살 났다.

"외부에 투입된 병력을 불러들여!"

"하, 하지만 그러면 가디언즈가……."

"지금 그딴 인간 새끼들이 중요해? 당장 내부가 습격받고 있잖아!"

"아, 알겠습니다."

노성을 들은 사제가 다급히 머리를 조아렸다.

가디언즈와 교전하고 있던 악마 부대의 일부분이 방향을 틀어 기지 내부로 향했다.

'역부족이야.'

흑발의 꼬맹이와 해골바가지도 문제지만 가장 큰 문제는 발록. 지옥 내에서도 유명한 저 괴물을 막기 위해서는 이 정도 숫자의 악마로도 답이 없었다. 지부의 모든 힘을 집중시켜야 간신히 막을 수 있는 괴물을 가디언즈와 동시에 상대하겠다는 것 생각 자체가 어처구니없는 발상이라는 것은 그녀 또한 잘 알고 있었다.

'지원을 요청해야 해.'

그녀는 수정구슬을 들어 올려 티베트 주변에 있는 지부 중 가장 큰 세력을 지닌 지부에 연락했다.

[콰아아앙! 콰득!]

[아아아악! 마, 막아!!]

"이건 또 뭐야……?"

수정구슬을 통해서 들리는 폭음과 비명 소리.

율리아는 다급하게 입을 열었다.

"악의 사도 율리아 빌코바로부터 전한다. 티베트 지부가 습격당했다. 지원을 요청한다."

[지, 지원? 헛소리하지 마! 지금 이쪽도 습격당하고 있다고!]

절박한 목소리. 직급으로 따지면 자신 아래에 있는 추기경이 존대조차 하지 않은 채 그녀에게 소리치고 있었다. 폭음을 듣고 예상했던 일이지만 저쪽에도 문제가 생긴 모양.

"누가 습격했지? 가디언즈인가?"

[루, 루시퍼! 루시퍼의 권속들이 습격했다!]

"뭐라고?"

가디언즈, 발록에 이어 루시퍼까지.

율리아는 아연한 표정을 지었다.

'대체 이게 무슨…….'

사탄은 분명 루시퍼가 사절단을 먼저 보내 대화를 시도할 것이라 말했다. 그런데 뜬금없이 습격이라니?

"루시퍼의 사절단에게 손이라도 댄 거냐!"

[제길! 우린 아무 짓도 하지 않았다고!! 그냥 다짜고짜 공격해 왔다!]

절박한 목소리를 들으니 거짓은 아닌 것 같았다.

율리아는 머리가 아픈 듯 이마에 손을 짚었다.

'미치기라도 했단 말인가?'

루시퍼는 지금 천계의 습격을 받아 함부로 움직이기 힘든 처지라고 들었다. 그런 상황에서 다짜고짜 공격을 해오다니. 서로 같이 죽자는 것과 다르지 않았다.

"서, 설마."

지금 내부에 습격한 발록의 모습이 떠올랐다.

가디언즈가 아닌, 제3의 세력이 분명한 발록. 그리고 루시퍼의 권속들에게 습격당하고 있는 다른 지부. 이 두 가지 사실에서 얻을 수 있는 것은 많지 않았다.

"발록이 루시퍼 측에 붙은 거로구나!!"

머릿속에 벼락이 친 듯한 감각. 지금 상황을 설명하기 위해서는 그것 이외에는 생각할 수 없었다.

'그럼 루시퍼가 악마교를 공격한 것도……'

발록의 협력을 얻어 악마교를 간단히 쓸어버릴 수 있다는 계산이 섰을 것이다.

"하, 하하하하하!"

절로 웃음이 터져 나왔다.

율리아는 일그러진 표정으로 거칠게 발을 굴렀다. 쿵! 소리
와 함께 방 전체가 진동하며 짙은 마기가 피어올랐다.

"이것들이 감히……."

천계의 습격을 당하면서도 루시퍼가 악마교를 습격할 이유
는 단 하나. 악마교가 지니고 있는 '마의 근원(根源)'을 노리고
있음이 틀림없었다.

"우릴 건드려?"

분노가 머리끝까지 뻗쳤다. 이렇게 된 이상 루시퍼와의 타협
은 물 건너갔다. 이제는…….

'전쟁이다.'

악마교에 반항하는 모든 존재에게 진정한 공포를 심어줄 시
간이었다.

"후우."

그녀는 자리에서 일어섰다.

쿠웅!

내부를 울리는 폭음이 가까워졌다. 산 전체가 무너져 내릴
듯 흔들렸다.

"크읏."

감히, 라는 표현까지 사용했지만 사실 지금 상황은 그리 좋
지 못했다. 교단 본부라면 몰라도 적어도 티베트 지부 내에서
는 저들을 상대할 방법도, 힘도 없었다.

'아니.'

하나 방법이 있긴 했다.

'하지만……'

망설임이 퍼졌다.

아직 모든 준비가 끝난 것은 아니었다. 지금 섣부르게 움직였다가 돌이킬 수 없는 일이 일어날 위험도 존재했다.

'다른 방법이 없어.'

판단은 빨랐다. 율리아는 다급히 발걸음을 옮겼다.

치이이익!

"아, 윽."

발자국 내디딜 때마다, 피부가 타오르듯 연기가 피어올랐다.

전력으로 마기를 펼쳐 피부를 덮었다. 마기가 빠른 속도로 소진되기는 했지만, 덕분에 한결 버틸 만했다.

"불의, 위상이시여……"

붉은 용암으로 가득 찬 통로를 걸었다. 그 통로의 끝에, 샛노랗게 빛나고 있는 구체가 보였다.

탐욕의 대공, 마몬. 그 안에는 그가 잠들어 있었다.

"후우."

긴장에 찬 표정으로 숨을 들이쉬었다.

바닥에 손을 짚자 그녀의 손에서 뿜어져 나간 마기가 바닥에 넓게 퍼졌다. 복잡하고, 기하학적인 문양의 마법진이 검은

빛으로 타오르기 시작했다.

"자자스, 자자스……."

주문을 외운다. 이마에 흐른 땀이 바닥에 떨어지기도 전에 증발하여 사라졌다. 악몽 같은 열기가 점점 더 그 몸집을 키웠다.

쿠구구구궁!

"크윽!"

아직 준비가 완전하지 않았기 때문일까, 허공에 붉은 균열이 나타나며 마기가 요동치기 시작했다. 산 전체, 아니 악마교의 지부가 위치한 티베트의 지반 전체가 뒤흔들렸다.

'제발.'

이 주변 대지가 갈라지건, 거대 화산이 폭발하여 중국을 덮치건 상관없었다. 가장 중요한 것은 마몬이 눈을 뜨는 것. 그것만 이뤄진다면 도박은 성공이었다.

쩌저저적.

샛노랗게 타오르는 구체가 갈라졌다. 그리고 구체의 균열에서 3미터에 달하는 무언가가 걸어 나왔다.

"아아."

숨 쉬는 것조차 힘들어 보일 정도로 뒤룩뒤룩 살찐 악마. 악마라고 하기보단 거대한 살덩어리라고 부르는 것이 합당한 존재가 뒤뚱뒤뚱 걸어 나오고 있었다. 외모 자체는 흉측하고, 볼품없었지만 그 존재가 누구인지 그녀는 잘 알고 있었다.

"불의, 위상이시여."

-푸히히힛. 뭐야? 억지로 날 깨운 거야?

살덩어리의 입가가 벌어지며 웃음소리가 흘러나왔다. 하지만 웃는 얼굴과는 달리 그 속에는 짙은 사기가 넘실거리고 있었다.

"죄, 죄송합니다. 아직 준비가 완전히 끝나지는 않았지만, 외부의 습격 때문에……."

-어쨌든, 날 억지로 깨운 거네?

"죄송합… 커헉!"

살덩어리에서 샛노랗게 타오르는 팔이 뽑어져 나왔다. 눈 깜짝할 사이에 뻗어 나온 손이 율리아의 목을 움켜쥐었다.

치이이이익!

"꺄아아아아악!"

-푸히히히! 이 빌어먹을 년아, 너 때문에 '근원'의 힘도 제대로 가져오지 못했잖아. 응? 이거 어떻게 할 거야? 네년 때문에 내 오랜 기다림이 물거품이 됐다고!!!

불꽃이 그녀의 전신을 휘감았다. 곧 전신의 피부가 일그러지며, 그녀의 아름다운 얼굴이 차마 눈 뜨고 보기 힘들 정도로 흉측하게 변했다.

끔찍한 고통. 격통의 소용돌이에 의식이 날아가 버릴 것만 같았다.

털썩.

"하악! 하악! 하악!"

-푸힛. 죽이지는 않을 게. 사탄이 널 마음에 들어 하는 것 같으니까.

마몬은 입가를 일그러뜨리며 그녀의 몸을 집어 던졌다. 온몸에 흉측한 화상을 입은 율리아가 튕겨 나가 바닥을 굴렀다.

-푸히힛. 그래서, 누가 습격했다고?

"아, 으아."

-말을 할 상황이 못 되는 것 같네.

낄낄 웃음을 터뜨린 마몬은 뒤뚱거리며 앞으로 걸어갔다.

-뭐, 좋아. 직접 가보면 되겠지. 아이 씨, 내 아까운 시간. 이번 일 끝나면 100년은 처박혀 있어야 간신히 복구할 수 있잖아.

준비가 완전히 끝난 상태가 아닌 상황에서 그를 깨운 탓에 그동안 흡수하고 있던 '근원'의 힘이 모조리 날아가 버렸다.

-짜증 나, 짜증 나, 짜증 나. 역시 죽여 버릴까?

마몬은 전신이 끔찍한 화상으로 뒤덮인 율리아를 내려다보았다. 하지만 이내 혀를 차며 고개를 돌렸다. 고작 이런 하찮은 인간 하나 때문에 사탄과 척을 질 빌미를 만들고 싶지 않았다.

-뭐, 100년 정도야.

영원을 사는 그들에게 100년이라는 시간은 가소로웠다.

-간만에 나왔으니 몸이라도 좀 풀어볼까?

-푸히히히힛.

마몬은 뒤뚱거리는 걸음으로 폭음이 들리는 위층으로 올라
갔다.

🌀

콰드드득! 쿠웅!

"아아아악!!"

-이런 미, 미친!! 발록이 왜 이곳에……!

악마들이 발을 박찼다.

검붉은 화염으로 타오르는 채찍이 굉음과 함께 휘둘러졌다.

파앙!

공기가 폭발하는 소리. 채찍에 닿은 악마의 몸이 그대로 터
져 나갔다. 전율스러운 광경에 악마 하나가 공포에 질린 표정
으로 도망쳤다.

-도망칠 수 없다.

발록이 낮은 목소리로 말했다. 그러고는 도망치는 악마의
몸을 채찍으로 휘감았다 당겼다.

-놔, 놔랏!! 미, 미친! 발록이라니, 이런 괴물이 있다고는 얘
기 못……!

-시끄러운 놈이군. 죽어라.

콰득.

악마의 머리통이 터져 나갔다.

발록은 고개를 돌려 주변을 살폈다.

-도망치는 놈들은 없나.

-흐흐흐. 제 수하들이 발을 붙잡고 있을 겁니다.

"하아. 하아. 난 한 마리도 안 놓쳤어."

-…….

거친 숨을 몰아쉬는 에키드나에게 발록이 다가갔다.

-어린 용이여, 무리할 필요는 없다.

"……무리 안 했어."

-아니, 초조함이 느껴진다. 왕의 도움이 되기 위해 그러는 거라면, 필요 없다.

발록은 낮은 목소리로 말을 이었다.

-왕에게는 어떤 도움도 필요 없다. 그분은 그 자체로 완전하신 분이다.

"……하지만, 강우는 시스템에 봉인돼서 약해졌는걸. 예전에 지옥에 있을 때랑은 달라."

-음?

발록은 고개를 갸웃거렸다. 그리고.

-크하하하하하하!! 그래, 분명 가이아 시스템인가 뭔가에 힘이 봉인당하셨다고 하셨지.

"발록은 아무렇지 않은 거야? 난 예전의 강우는 잘 모르지만,

지금 그때보다는 훨씬 약……."

-걱정하지 마라, 어린 용이여.

발록은 웃었다.

-너는 그분이 누구인지, 무엇을 할 수 있는지 아직 모른다.

저벅, 저벅 통로를 걸으며 발록이 말을 이었다.

-시간이 지나면 너도 알게 될 것이다, 어린 용이여.

"……."

-그러고 보니 카르가스라는 마룡의 딸이라고 했던가?

에키드나가 고개를 끄덕였다.

-그렇다면 혹시…….

쿠우우우웅!!

화르르르륵!!

발록이 무언가 말하려고 할 때, 거대한 화염이 폭발하고, 그의 표정이 딱딱하게 굳었다.

-이건…….

익숙한 기운에 발록이 거대한 주먹을 움켜쥐었다.

-푸힛! 푸히힛! 이거, 누군가 했더니… 발록이었군?

통로 아래에서, 흉측한 살덩어리가 기어 올라왔다.

-마몬.

발록은 거칠게 표정을 일그러뜨렸다.

불길의 제왕. 탐욕의 악마. 그를 수식하는 단어는 많았지만 가장 중요한 것은 하나였다.

-푸히히히힛! 이거, 생각보다 재밌을 것 같잖아? 주인을 잃은 개와 이 세계에서 마주칠 줄이야.

대공. 그는 구천의 지옥에서도, 수천, 수만의 악마 중에서도 '대공'이라는 자리에 오른 일곱 악마 중 하나였다. 사탄과 루시퍼에 비해 그 격이 떨어진다고는 하나 어쨌든 결국 그도 '대공'이었다.

-해골, 어린 용. 도망쳐라.

발록은 채찍을 들어 올렸다. 둘이 마왕군에 새로 들어온 신입치고 나쁘지 않은 힘을 지녔다지만, 대공 앞에서는 아무런 의미가 없었다.

-왕을 불러와라.

"부르러 갈 필요 없어."

뒤에서 나지막한 목소리가 들려왔다.

발록은 고개를 돌렸다. 무너진 통로의 틈으로 강우가 느긋이 걸어오고 있었다.

"마몬이라."

입가를 비틀어 올렸다.

"뭐, 나쁘지 않네."

강우는 마몬을 바라보며, 속으로 욕을 내뱉었다. 입으로는 웃고 있지만 속은 타들어 가고 있는 도중.

'시바. 왜 마몬이 여기 있는 거야.'

수천 명의 악마교도가 모여 있는 대형 지부이니 뭔가 수가 있을 거라고는 생각했었다.

'시바, 그게 대공일 줄은 몰랐다고.'

루시퍼가 존재한다는 것에서 지옥 무구 속으로 숨어든 대공이 부활할 수 있을 가능성에 대해서는 생각해 뒀다. 하지만, 적어도 그 부활의 장소가 지구라고는 생각하지 않았다.

'대체 어떻게.'

이해할 수 없었다. 지구에는 마기가 없다. 대공의 영혼을 부활시킬 수 있는 원동력이 존재하지 않는다는 의미였다. 비유하자면 풀 한 포기 없는 메마른 대지에서 갑자기 거대한 나무가 자라난 셈.

—너, 너는?

놀란 것은 강우만이 아니었다. 아니, 겉으로는 침착함을 유지하는 강우에 비해 아예 그를 보자마자 창백하게 질린 표정으로 덜덜 몸을 떨고 있는 악마가 하나 있었다.

—왜, 왜 네가? 어, 어째서? 이게 무슨…….

마몬은 어마어마한 공포에 휩싸인 채 몸을 떨었다.

—부, 분명 소멸했을 텐데……!!

"뭐?"

강우는 눈살을 찌푸렸다.

'왜 멀쩡한 사람 죽이고 지랄이야.'

자신이 소멸했다니, 무슨 헛소리란 말인가.

마몬은 발작을 일으키듯 소리쳤다.

-그, 그때 시스템에 충돌해서 소멸했잖아!! 나, 나는 분명 봤다고!! 왜, 왜 살아 있는 거야, 이 괴물아아아아아아!!!

처절한 목소리. 두툼하게 살이 붙은 볼에 끈적한 침을 튀기며 소리쳤다.

"……."

강우는 굳게 입을 다물었다.

곧 그의 눈이 날카롭게 빛났다. 강우는 마몬의 말을 머릿속에 떠올려 봤다.

"아."

짧은 탄성.

'그렇게 된 건가.'

절로 헛웃음이 흘러나왔다.

생각해 보면 아주 간단한 일이었다.

'이 새끼들, 내가 죽었다고 착각한 거야.'

납득할 수 없는 일은 아니었다.

지구로 넘어오는 당시, 가이아 시스템과 충돌하여 만마전의 힘을 봉인당했다. 무한 차원의 간섭에서 지구를 수호하는 힘을 모조리 끌어당긴 봉인. 그 봉인은 지금조차 완전히 풀지 못했을 정도로 강력했다. 지옥 무구에 영혼 상태로 담겨 대부분의 감각을 차단당한 대공들이라면 갑작스럽게 약해지는 강우의 힘을 느끼고 '소멸했다'라고 착각하는 것도 충분히 있을 수 있는 일이었다.

'잠깐만, 근데 루시퍼는 내가 살아 있다고 생각했잖아.'

루시퍼는 분명 '마해'를 찾기 위해 지구에 왔다.

"……."

강우는 생각을 이어갔다.

의문의 답을 찾는 건 오래 걸리지 않았다. 두 대공의 차이는 하나.

'루시퍼는 에르노어 대륙에, 마몬은 지구에 왔다.'

루시퍼는 그가 가이아 시스템에 충돌하기 전에 다른 차원으로 튕겨 나갔다는 의미. 그렇다면 지금 상황이 맞아떨어진다.

'이건.'

그의 입가가 비틀어 올라갔다.

'이용할 수 있어.'

느긋한 걸음으로 마몬에게 다가갔다. 그리고.

"내가 죽었다고 생각했나? 정말로?"

-히, 히익! 오, 오지 마!!

"마몬, 대답해라."

무덤덤한, 감정이 느껴지지 않는 목소리로 말을 이었다.

'시선은 정면.'

속임수의 기본은 기세다. 위축되어서도, 망설여서도 안 된다. 등을 곧게 편 채 최대한 의연하게 입을 열었다.

-그, 그게…….

"길게 말하지 않겠다, 마몬. 내 밑으로 들어와라."

지금 상황에서 대공과 전면 싸움을 하는 것은 리스크가 컸다. 그를 이용할 수 있다면 이용해 먹는 것이 좋았다.

'실제 부하로는 쓸 수 없겠지만.'

발록, 리리스와는 경우가 다르다. 마몬은 대공이었고, 대공은 그 누구의 지배도 받지 않는다. 그의 힘이 봉인당했다는 사실을 안다면 바로 손바닥 뒤집듯 태도를 바꿀 것이다. 언제 폭발할지 알 수 없는 폭탄을 끌어안는 것이나 마찬가지.

'하지만 시간은 끌 수 있지.'

마몬이 그의 밑에서 열심히 머리를 굴리고 있는 사이 시간을 벌 수 있었다. 잘 유도만 한다면 그를 기습하여 큰 피해를 줄 수도 있을 것이다.

-네 밑으로, 들어오라고?

"구천지옥이 지긋지긋하게 느껴지지 않나? 붉은 하늘과 메마른 대지, 황폐한 공기만이 가득한 그 쓰레기통 말이야."

-…….

"하지만 그에 비해 이 별은 아름답지. 가지고 싶다고 생각하지 않나? 손에 넣고, 마음껏 이 별을 주무르며, 더럽히고 싶다고 생각하지 않나?"

끈적한 목소리. 지방에 파묻힌 마몬의 눈빛에 짙은 탐욕이 서리는 것이 느껴졌다.

"마몬."

손을 뻗었다.

"나와 함께 이 세계를 지배할 생각은 없나?"

-나는…….

마몬은 말끝을 흐렸다. 그의 눈이 떨리는 것이 보였다.

'넘어왔다.'

확신이 들었다. 강우는 짙은 미소를 지었다.

'일단 급한 불은 껐…….'

쿠구구구구구궁!!!

그때였다. 통로 전체가 뒤흔들리며 갈라진 통로에서 마그마가 뿜어져 나오기 시작했다.

콰아아아아앙!!

폭음과 함께 통로 천장이 무너져 내렸다.

"크읏!"

다급히 손을 들어 올린 강우가 파동의 권능을 사용해 위에서 떨어지는 흙더미를 가루로 만들었다. 그러자 폭음이 터지며 쏟아지던 흙더미가 사라졌다.

'제기랄!!'

강우는 다급히 고개를 돌렸다. 살덩어리에 파묻힌 눈으로 자신을 빤히 바라보는 마몬의 모습이 보였다.

-호오……?

마몬은 입가를 비틀어 올렸다. 흙더미를 가루로 만들어 버릴 때, 강우의 힘을 느낀 것이다.

-푸히힛. 너, 약해졌군.

'이런 씨발.'

강우는 주먹을 움켜쥐었다. 교섭은 결렬. 거기에 더해 바다를 뚫고 솟구치는 마그마의 양이 더욱 많아지고 있었다.

'제기랄.'

그의 표정이 일그러졌다. 주시자의 권능을 펼치지 산의 내부, 가장 깊은 곳에서 마기의 기운이 날뛰고 있는 것이 느껴졌다.

'막지 않으면 화산이 폭발한다.'

지금 밖에는 가디언즈와 악마교가 싸우고 있는 상황. 이런 상황에서 대규모 화산이 폭발한다면 그 결과를 짐작하는 것은 어렵지 않았다.

'전멸할 거야.'

그들이 아무리 인간을 초월한 초인이라고 하더라도 자연재해 앞에서는 그냥 한낱 생명에 불과했다. 이번 전쟁으로 가디언즈가 피가 흘리도록 유도한 것은 그였지만 전멸에 가까운 피해를 입는 것은 얘기가 달랐다.

'이건 피를 흘리는 게 아니라 머리통이 떨어지는 상황이잖아.'

강우는 발록을 향해 고개를 돌렸다.

"발록. 리리스랑 에키드나, 발자하크를 데리고 밑에서 날뛰는 마기를 막아."

-하지만……

"여긴 내가 해결하겠다."

-알겠습니다.

대공과 홀로 싸우겠다는 강우의 말에 발록은 일순 망설였지만, 이내 고개를 끄덕였다.

-모든 것은 마왕님의 뜻대로.

발록과 에키드나, 발자하크가 밑으로 내려갔다. 리리스는 어디에 있는지 보이지 않았지만 발록이 알아서 찾아 내려갈 것이다.

"씨발."

거친 욕설을 내뱉은 강우가 몸을 돌렸다.

-푸히히히히히힛!!! 마왕이, 그 괴물이 이렇게 약해졌다니!!! 그래, 그때 내가 본 건 틀린 게 아니었어!!!

마몬이 낄낄 웃음을 터뜨렸다. 그는 참을 수 없이 즐겁다는 듯 온몸을 파르르 떨고, 추잡하게 침을 흘리며 입가를 비틀어 올렸다.

-그렇다는 얘기는… 지금이 마해를 손에 넣을 기회, 라는 얘기군.

100년을 기다릴 것도 없었다. '근원'을 흡수 중인 사탄이 가소로울 정도로 강력한 힘을 손에 넣을 것이 분명했다.

-푸히히히히히히히힛!!!

배를 움켜잡으며 웃음을 터뜨리자 두툼한 입술에서 흘러나온 침이 사방으로 튀었다.

"……."

강우는 웃고 있는 마몬을 바라보며, 굳게 입을 다물었다.

"하."

헛웃음이 흘러나왔다. 깊게 가라앉은 눈빛으로 마몬을 노려보았다.

"실실 쪼개지 마, 돼지 새끼야."

손을 늘어뜨렸다. 그러자 마해의 열쇠가 검붉은 창의 모습으로 변했다.

"그렇게 처맞고도 부족했냐?"

이미 한번 패배한 돼지 새끼. 비참하게 생을 구걸하며, 납작 몸을 엎드렸던 패배자. 그가 기세등등하게 웃는 꼬라지는 희극처럼 느껴졌다.

콰앙!

발을 박찼다. 그러자 튕기듯 몸이 쏘아졌다. 강우는 창을 쥐어 살덩어리를 향해 내질렀다.

화르르르륵!

-푸히히히힛!

붉은 화염이 뿜어졌다. 치지지직 소리를 내며 피부가 일그러지고 타들어 갔다. 하지만 무시하고 창을 찔러 넣었다. 폭발의 권능을 사용하자 살점이 비산했다.

쿵!

터져 나간 살덩어리 속에서 샛노랗게 타오르는 손이 뻗어나왔다. 빠르고, 강했다.

강우는 재빨리 몸을 비틀어 피했다. 샛노란 손에 맞은 벽이 30미터 가까이 증발했다.

오른 주먹을 쥐어 천력의 권능을 사용했다. 파동의 권능이 맺혔다.

콰드득!

권능이 담긴 주먹을 찍자, 살점이 폭발했다. 끈적한 고름이 피부에 튄다.

치이익.

고름이 튄 피부가 녹아내렸다. 뺨이 녹아내리며 이가 드러났다. 찔러 넣은 손이 뼈만 남은 채로 녹아버렸다.

무시하고 게이볼그에 손을 뻗었다. 곧 강렬한 회전과 함께 막대한 마기가 뿜어지고, 궁니르가 만들어졌다.

'부족해.'

강우는 권능을 더했다. 붕괴와 빙결의 권능이 섞이고 6개의 권능이 합쳐졌다. 연산이 한계에 도달해 머리에 끔찍한 통증이 일었으나, 연산을 포기하자 극마지체에 도달한 육체가 반사적으로 연산을 이어갔다.

"롱기누스."

1미터도 되지 않는, 눈처럼 새하얀 짧은 단창이 만들어졌다.

강우는 팔을 뒤로 꺾어 몸을 비틀었다. 그리고 전력을 담아 롱기누스를 던졌다.

쿠구구구구구궁!!

산이 붕괴했다. 수천 톤의 흙더미가 쏟아지기 시작했다.

그것도 잠시, 무시무시한 한기가 퍼져 나가며 쏟아지는 흙더미가 꽁꽁 얼어붙었다. 기후가 뒤틀리며 마른하늘에서 갑자기 눈보라가 쏟아졌다.

-푸, 히.

마몬이 덜덜 몸을 떨었다. 그의 몸의 반 이상이 얼어붙어 있었다.

롱기누스를 내지른 강우는 바닥에 착지했다. 강우는 고개를 돌렸다.

"……씨발."

거친 욕설이 흘러나왔다.

-푸히히히히히힛!!!

쩌저적!

얼어붙은 살점이 떨어져 나가며 끔찍한 지방 덩어리가 증식했다. 기괴한 웃음소리와 함께 샛노랗게 타오르는 살덩어리가 강우를 덮쳤다.

-푸히히히히히힛!! 히히히히히!!

탐욕에 찬 광소가 터져 나왔다. 강우의 몸이 샛노랗게 타오르는 둥그런 구체 안에 집어삼켜졌다.

샛노란 구체의 이름은 '탐욕'. 모든 것을 집어삼키고, 불태우는 마몬의 지옥 무구.

-아아! 아아아아!! 마해는, 마해는 이제 나의 것이다!!!

마몬은 양팔을 높게 들어 올렸다.

콰아앙!

그때, 강렬한 폭음과 함께 밑에서 누군가 솟구쳐 올랐다. 전신에서 뿜어지는 푸른 기운. 신이 조각한 것처럼 완벽한 외모.

"형, 님……?"

붕괴되는 산을 타고 역으로 올라온 청년은, 믿을 수 없는 장면을 봤다는 듯 몸을 떨었다.

-푸히히힛. 꺼져라, 인간. 지금은 나는 아주 바쁘니까 말이야.

강우가 갇힌 노란 구체를 향해 손을 뻗었다. 마해가 눈앞에 있는 지금, 하찮은 인간 하나에 신경 쓸 시간은 없었다.

촤악!

푸른 검강에 잘린 손이 바닥에 떨어졌다.

"어디서, 감히."

노란 구체 앞을 막아선 김시훈이 몸을 돌렸다.

"내 형에게 더러운 손을 뻗는 거냐, 콜레스테롤."

푸른 기운이 폭발하듯 뿜어졌다.

◆ 4장 ◆

왜 그랬어?

-형, 이라고?

마몬이 표정을 일그러뜨렸다. 마왕에게 동생이 있다는 소식은 들어보지 못했다. 아니, 그자에게 과연 친족이라는 개념이 의미 있는지조차 알 수 없었다.

-푸히히힛. 오래 살다 보니 별일을 다 겪네.

마왕의 동생을 자처하는 존재가 있을 줄이야.

'그것도.'

고작 인간에 불과한 버러지가.

-히히힛. 인간, 솔직히 말하면 지금 싸울 기분이 아니거든? 비키는 게 어때?

마몬은 낄낄 웃었다. 하지만 즐겁게 웃는 것과 달리 그 목소리에는 짙은 짜증이 묻어 나오고 있었다.

'짜증 나.'

강렬한 통증이 잔향처럼 몸에 남아 있었다.

힘이 봉인되었다고는 하나 그 상대는 마왕. 그와의 전투는 쉽지 않았다. 특히 그 마지막 공격은 조금만 늦었으면 그대로 몸 전체가 얼어붙어 죽었을 강력한 공격. 애써 피했다고 하지만 몸의 반이 얼어붙어 뜯겨 나간 상처가 가벼울 리 없었다.

'짜증 나, 짜증 나.'

마몬은 초조한 듯 입술을 깨물었다.

상처가 완전히 낫지 않았다. 아니, 사실 자연히 치료될 수 있는 수준의 상처가 아니었다. 운이 좋아 치료된다고 해도 영구적으로 힘이 감소될 정도로 심각한 상처. 그것이 마왕의 마지막 공격이 남기고 간 상처였다.

-푸힛! 짜증 나……. 아주, 짜증 나.

가늘게 눈을 떴다. 당장 마왕에게서 마해를 훔쳐 몸을 치료해야 하는 상황에 버러지 같은 인간 하나가 방해를 하니 이처럼 짜증 날 수가 없었다.

-히힛. 비켜, 인간.

화르르르륵!

불길이 뿜어졌다. 마왕의 공격으로 얼어붙은 대지 위를 불길이 달렸다.

용암처럼 끈적한 점성을 가진 불꽃이 김시훈을 노렸다.

"후우."

김시훈은 검을 들었다. 열기에 피부가 타들어 갔지만, 기를 몸에 둘러 보호할 틈이 없었다.

'제길.'

눈앞의 악마는 이제까지 싸워온 그 어떤 악마와도 격이 달랐다.

"크윽!!"

화염이 그를 강타했다. 몸이 뒤로 튕겨 나가며 바닥을 굴렀다.

"커헉! 쿨럭! 쿨럭!"

입안에서 검은 연기가 토해졌다. 끔찍한 화상이 피부를 일그러뜨렸다. 압도적인 힘. 생물이라는 표현을 사용하는 것이 어색할 정도의 적. 단 일격을 받아냈음에도 불구하고 엘 쿠에로 블레이드가 반쯤 녹아내렸다.

'이게, 뭐야.'

달랐다. 이제까지 자신이 알고 있는 악마는 이런 존재가 아니었다. 그 아무리 강력한 악마도 저 악마처럼 강하지는 않았다. 비교 자체를 불허하는 힘.

'제길.'

몸이 떨렸다. 공포가 독처럼 몸 안에 퍼져 나가기 시작했다. 표정이 창백하게 질리고, 숨이 제대로 쉬어지지 않았다.

귓가에 익숙한 목소리가 들리는 것 같았다.

'너를…….'

뇌리에 새겨진 그 목소리. 넌 고작 이것밖에 되지 않는다고, 여기까지라고 단정 짓는 듯한 그 목소리. 김시훈이란 인간을 옭아매고 있는 족쇄.

"시, 끄러."

이를 악문 채 몸을 일으켜, 머릿속에서 울리는 목소리를 향해 말했다. 지금은 목소리에 휘둘릴 여유 따위는 없었다.

반쯤 녹아내린 검을 들어 올렸다.

-흐응?

마몬은 표정을 일그러뜨렸다. 저 정도의 화상을 입은 인간이 다시 일어나는 것은 오랜만에 봤다.

-우히히힛.

짜증이 섞인 웃음소리.

마몬이 딱 하고 손가락을 튕기자, 그의 몸을 중심으로 샛노란 화염의 불줄기가 뻗어 나갔다. 그리고 그물처럼 여러 갈래로 갈라진 불줄기가 김시훈을 덮쳤다.

"크읏!"

김시훈은 침음을 삼키며 양손으로 검을 쥔 채, 이마 위로 들어 올렸다.

할파스를 상대했을 때 깨달은 천룡일섬. 그때의 감각을 머릿속에 떠올렸다. 그러자 아무것도 없을 허공에 희미한 푸른 빛줄기가 보였다. 그 빛줄기를 따라, 검을 내리그었다.

촤악!!

할파스의 공격을 두 쪽으로 갈라냈던 공격이 그물을 잘랐다. 김시훈은 갈라진 틈으로 발을 박찼다.

마몬은 흥미롭다는 듯 그를 바라보았다.

-호오.

자신의 공격을 고작 인간 따위가 받아낼 줄이야.

"하압!"

김시훈이 기합을 내지르며 마몬을 향해 달려들었다. 그러자 거대한 불줄기가 양쪽에서 그를 노렸다. 재빠르게 그 공격을 피했으나, 피부가 타들어 가며 연기가 피어올랐다.

"제길!"

거친 욕설이 흘러나왔다. 속도도 속도지만 그 불길 안에 담긴 힘이 문제.

'미쳤어.'

그 표현 이외에 감히 다른 표현을 사용할 수 있을까. 마치 온 세상이 불로 가득 찬 지옥에 빠져 버린 기분.

그는 불길을 피해 필사적으로 몸을 움직였다.

-푸히히힛.

마몬이 웃으며 양손을 들어 올렸다. 그러자 쩌적- 바닥이 갈라지고 그 틈으로 샛노랗게 빛나는 마그마가 뿜어져 나왔다.

곧 해일처럼 쏟아진 마그마가 김시훈을 덮쳤다.

"허업!"

내공을 펼쳐 검막을 만들었다. 강철처럼 단단한 기의 벽이 만들어졌다. 하지만 아무 소용없는 일. 마몬의 화염 앞에 강철 따위는 아무런 의미도 없었다.

"크으으으으윽!!"

치이이이익!!

피부가 타들어 갔다. 새하얀 뼈가 드러났다. 엘 쿠에로 블레이드를 붙잡은 손이 녹아내렸다.

"으, 아아."

땡그랑.

엘 쿠에로 블레이드가 바닥에 떨어졌다. 녹아 사라진 손을 붙잡고 몸을 웅크렸다. 아득한, 이제까지 경험조차 해보지 못한 어마어마한 격통이 팔을 타고 전해졌다.

-히히힛. 그러게 비키랄 때 비키면 얼마나 좋아?

마몬은 즐겁게 웃음을 터뜨렸다.

'탐욕'에 갇힌 강우를 향해 뒤뚱뒤뚱 걸어가 먹음직스러운 먹잇감에 손을 뻗듯, 천천히 손을 뻗었다.

턱.

-어……?

무언가 그의 발을 잡아당겨 고개를 내렸다.

"손, 치우라고, 했다."

녹아내리지 않은 반대편 손으로 반토막 난 엘 쿠에로 블레이드를 붙잡았다. 푸른 검강이 맺혔다.

김시훈은 마몬의 발등을 향해 망설임 없이 검을 내려찍었다.

푸욱!

검강이 맺힌 검날이 마몬의 발등에 쑤셔 박혔다.

-히, 히히히힛!!

광기 어린 웃음소리. 큰 대미지는 없었지만, 짜증을 불러일으키기는 충분한 공격.

마몬은 칼이 박힌 발을 들어 올렸다.

퍼억!!

"커헉!"

-너, 생각보다 더 짜증 나는 인간이었구나.

김시훈을 걷어찬 마몬은 바닥을 뒹구는 그에게 천천히 다가갔다. 필사적인 그 모습이 마몬을 자극했다.

턱.

녹아내린 손의 반대편. 아직 그나마 멀쩡히 남아 있는 그 팔 위에 발을 올렸다. 그리고 무게를 실어 짓눌렀다.

우드드드득!

"아아아아아아악!!!"

처절한 절규와 함께 팔이 박살 났다. 강렬한 열기에 피부가 짓이겨지며 진물이 흘러나왔다. 근육이 검게 타 잿더미가 되고, 쏟아지는 피가 열기에 증발했다. 끔찍한 고통이 김시훈을 덮쳤다.

-히히힛. 이제 더 이상 검을 쥐지도 못하겠네.

모든 신경 조직이 불에 타 사라졌다. 한쪽 손은 아예 녹아내려 사라져 버렸다. 재생의 권능이 아닌 이상 이 상처를 완전히 치료하는 것은 불가능했다. 아니, 설사 재생의 권능으로 치료한다고 해도 다시 검을 쥐기까지는 오랜 시간이 필요할 것이다.

-그러게 비키라고 했을 때 조용히 찌그러졌어야지. 푸히힛.

마몬은 그를 조롱하며 몸을 돌렸다. 이제는 정말 끝. 아무런 방해 없이 마해를 음미할 시간이었다.

그때였다.

콰득.

-…….

김시훈이 망가진 두 팔로 기어와 마몬의 다리를 깨물었다.

마몬은 어처구니없다는 듯 그를 내려다보았다. 그는 마몬의 다리를 깨문 채, 이글거리는 눈빛으로 그를 올려다보고 있었다.

겁을 상실한 것은 아니었다. 눈빛은 겁에 질려 있었고, 처량

할 정도로 바들바들 떨고 있었다. 하지만.

"넌, 못, 지나가."

도망치지 않았다. 포기하지 않았다. 오른손이 녹아버리면 왼손으로, 양팔이 사라지면 이빨로 물어뜯더라도. 비참하고, 꼴사납더라도. 한심하고, 멍청하더라도.

"형한테, 손, 못 댄다고, 이 씨발, 새끼야."

-히, 히히…….

마몬의 입가가 길게 찢어졌다. 김시훈을 내려다보는 그의 눈빛이 광기에 물들기 시작했다.

-푸히히히히히히히힛!!!!

샛노란 화염이 폭발했다. 마몬은 일그러진 표정으로 손을 들었다.

-히히히히!! 너, 그냥 뒤지고 싶은 거였구나! 처음부터 그렇게 말을 하지 그랬어?

거머리처럼 끈질기게 달라붙는 인간. 이제까지 한 번도 보지 못한 종류의 인간이었다. 더 이상 무시할 수는 없었다.

거대한 화염이 맺힌 팔. 그 팔을 아래로 내리그었다.

쩌적. 촤아아악!

그때, 무언가 쪼개지는 소리가 들렸다. 샛노란 구체의 표면이 박살 나며 팔 하나가 빠져나왔다. 그리고 뻗어 나온 팔이 마몬의 머리를 붙잡았다.

─……어?

당황스러운 목소리.

마몬의 머리를 붙잡은 팔이 그의 몸을 뒤로 당겼다.

-뭐, 뭐야!

마몬은 경악에 찬 눈빛으로 몸을 돌렸다. 무시무시한 힘에 그의 거체가 질질 끌려갔다. 다급히 고개를 돌리자 '탐욕'의 안에서 빠져나온 팔이 보였다. 마몬의 입이 쩍 벌어졌다.

-지, 지옥 무구를 박살 냈다고?

있을 수 없는 일이 일어났다. 구천지옥의 마기가 수십, 수백만 년을 모여 결정화된 무구. 대공의 힘을 상징하며, 차원과 시간조차 찢어발길 수 있는 힘을 지닌 초월적인 무기. '파괴될 리 없는' 그 무구가 박살 났다.

쩌저저적.

빠져나온 팔을 기점으로, '탐욕'에 생겨난 균열이 그 크기를 더했다. 팔에서 어깨, 어깨에서 목을 지나, 강우의 상반신이 '탐욕'에서 빠져나왔다.

"마몬."

강우는 마몬의 머리를 끌어당겼다.

"왜 그랬어?"

낮은 목소리. 둘의 얼굴이 가까워졌다.

"응? 왜 그랬냐고."

-이, 이런 미친 괴물이……!

"다른 놈들은 그럴 수 있어. 백강현? 김재현? 율리아? 걔들은 아무것도 모르니까 괜찮아."

-놔, 놔라!!

마몬은 화염을 내뿜었다. 머리를 붙잡은 팔을 강렬한 화염이 뒤덮었다. 하지만, 그 손은 풀리지 않았다.

"그런데 넌 아니잖아."

이해할 수 없다는 듯, 멍청한 선택을 질책하듯 말을 이었다.

"너는 내가 누군지 알고 있잖아."

흰자위가 검은색으로 물들었다.

"너는 내가 뭘 할 수 있는지 알고 있잖아."

눈동자가 노란색으로 변했다.

"그런데."

노란색 눈동자가 가로로 찢어지며, 검은 동공이 나타났다.

"왜 그랬어?"

강우는 마몬의 머리를 붙잡은 채, 한 손을 가슴으로 가져다 대었다. 그의 심장이 위치한 곳. 만마전이 자리 잡은 곳. 그곳에 손을 올렸다.

쿠구구구구궁!!

산 전체가 진동했다. 지반이 뒤틀리며 천둥 같은 폭음이 사방을 울렸다.

"왜 그랬어?"

돌아오는 대답은 없다. 마몬은 창백하게 질린 표정으로 그를 바라보고 있었다. 겁에 질린 어린아이처럼, 포식자를 눈앞에 둔 초식 동물처럼, 처량하게 떨고 있었다.

"응? 찌그러져 있지 말고 대답해 봐."

입가에 짙은 미소를 지었다. 가슴에 올린 손을 비틀었다.

만마전(萬魔殿). 제2문 개방.

"왜 나하고 싸웠어?"

-으, 아아아아악!!

마몬은 비명을 질렀다. 마기를 한계까지 쥐어짜 내며 그를 공격했다. 거대한 불길의 해일이 만들어졌다. 바닥이 갈라지며, 그 사이로 붉은 용암이 솟구쳤다. 아득한 열기의 폭풍이 주변을 덮었다. 하지만.

꾸르륵. 꾸륵.

불길에 타들어 가고 있는 강우의 몸이 검은 점액질로 변하기 시작했다. 검은 점액질에서 입이, 셀 수 없을 정도로 무수한 입이 떠올랐다.

-히, 히익!

마몬은 몸을 떨었다. 머릿속에 남아 있는, 기억 속에 새겨진 트라우마. 수천 년이 지나도 사라지지 않는 그 생생한 공포가 전신에 퍼졌다.

카드드득!

더 이상 인간의 형상이 아니었다. 아니, 생물의 형상조차 아니었다. 검은 점액질로 변한 몸. 육체를 대신하듯 나타난 무수한 입.

-오, 오지 마!!

다급히 뒷걸음질 쳤다. 저 '입'들이 무엇을 의미하는지 그는 잘 알고 있었다.

-자, 잠깐만! 내, 내가 잘못했어!

뒤늦게 고개를 저었다. 늦었다는 것을 그 누구보다 그 자신이 잘 알고 있었다. 악몽이 그를 드리웠다.

콰드득.

씹어 먹히는 살점. 몸을 뒤덮고 있는 불길의 보호도, 마기의 방벽도 그 앞에서는 의미를 잃었다.

마몬은 검은 점액질이 달라붙은 자신의 팔을 내려다보았다. 자신의 살을 씹어 삼키는 작은 '입'들. 과거, 지옥에 있던 그의 육체를 남김없이 뜯어 먹은 악몽 같은 입들.

이 육체를 수복하기 위해 그가 지구에서 보낸 기나긴 시간과 갖은 수고들을 생각하면 공포에 질리는 것도 당연. 한번 달라붙은 이 입을 떼어놓기 위해서는 한 가지 방법 이외에는 없었다.

그는 일그러진 표정으로 스스로의 팔을 불태워 버렸다.

화르르륵.

-제길! 제길! 제기랄!

더 이상 특유의 웃음소리조차 나오지 않았다. 거친 욕설이 마몬의 입에서 흘러나왔다.

넓게 퍼진 검은 점액질이 그를 향해 다가오는 게 보였다. 마몬은 빠르게 뒤로 굴러 멀어졌다. 그러자 살덩어리에 가까운 그의 몸이 공처럼 굴러갔다.

우스꽝스러운 광경. '보는 것과 달리 빠르다'라는 뻔한 반전도 없었다. 마몬은 단순 화력으로는 대공 중에서도 상위권이었지만, 비대한 몸 때문에 민첩성은 일반 악마 이하였다.

검은 점액질이 순식간에 그를 따라잡았다.

-저, 저리 꺼져!

뒤로 몸을 굴리던 마몬이 바닥에 떨어진 물건을 집었다. 1.5미터 정도 되는 크기를 가진 샛노란 구체. 마몬의 지옥 무구, '탐욕'이었다. 강우가 빠져나오며 한쪽 부분이 완전히 박살 났지만, 아직 그 무구에 담긴 막대한 힘은 사라지지 않았다.

마몬은 '탐욕'을 움켜쥔 채 앞으로 뻗었다. 샛노란 화염의 방벽이 펼쳐졌다.

치이이이익!

-히, 히히히힛!

그에게 다가오던 검은 점액질이 방벽에 막혔다. 마몬은 낄낄 웃음을 터뜨렸다.

'막았다.'

지옥 무구. 구천지옥의 정수라고 할 수 있는 막강한 무기의 힘은 아직 건재했다.

-히, 히히힛!

광기에 찬 웃음소리가 흘러나왔다.

'확실히 약해지긴 했어.'

과거, 발록과의 전투 이후 마왕의 '저 모습'을 상대한 적이 있었다. 당시 하늘 전체를 뒤덮을 정도로 넓게 펼쳐졌던 검은 점액질에 비하면 지금은 충분히 상대할 수 있다는 생각이 들 정도. 마몬의 눈에 희망이 타올랐다.

치익! 치익!

-히히힛! 소용없다!

그는 방탄유리 안에 몸을 숨긴 악역처럼 화염 방벽 안에 몸을 숨긴 채 낄낄 웃음을 터뜨렸다.

이윽고 방벽을 향해 쏟아지던 검은 점액질이 기세가 약해졌다.

'되, 된 건가?'

마몬은 힐끗 고개를 빼내어 강우의 모습을 살폈다.

-……어?

꾸르륵, 꾸륵.

검은 점액질이 한곳에 모여들고 있었다. 10미터. 5미터. 3미터. 1미터. 점점 더 크기를 줄여가는 검은 점액질.

마몬의 등줄기를 타고 아찔한 공포가 퍼져 나가기 시작했다. 무언가 잘못되어가고 있다는 불길한 예감이 그를 짓눌렀다.

-뭐, 뭐야 이건 또,

과거 지옥에서 마왕과 싸웠을 때도 보지 못했던 광경. 일점(一點)으로 압축되는 검은 점액질. 그에 비례하여 어처구니없을 정도로 강해지는 마기. 균열의 마기가 폭주하는 것을 연상시키듯, 어마어마한 양의 마기가 미쳐 날뛰기 시작했다.

-이, 이익!

마몬은 '탐욕'을 휘둘렀다. 부채꼴로 퍼져 나간 화염이 압축되는 검은 점액질을 덮쳤다. 검은 점액질이 흔적도 없이 사라졌다.

-어?

마몬 본인도 당황한 듯 고개를 두리번거렸다.

-뭐, 뭐야? 사라진 건가?

움찔거리며 앞으로 다가갔다. '탐욕'의 화염에 불타 사라진 것처럼 어디에도 검은 점액질의 모습은 보이지 않고 있었다.

-히, 히히힛?

마몬은 이해할 수 없다는 표정으로 주변을 살폈다.

그때였다.

-마몬 님!

-오, 오오! 대공이시여!

-드디어 깨어나셨군요!

서른 정도 되는 악마 무리가 그를 향해 다가왔다.

마몬은 눈살을 찌푸리며 물었다.

-히힛, 뭐야 너희들은?

-저희는 팔천지옥의 악마들입니다. 이곳에 소환된 뒤 대공님께서 부활하시기를 기다리고 있었습니다!

-…….

-지, 지금 인간들과의 교전이 점점 불리해져서……. 대공님의 힘을 빌리고자 찾아왔습니다.

-푸히힛.

마몬은 고개를 돌리고 관심 없다는 듯 손을 저었다.

-저리 꺼져. 지금 그딴 게 중요한 게 아니란 말이야.

그는 몸을 납죽 엎드린 채 바닥을 샅샅이 살폈다.

'저, 정말 죽은 건가?'

가능성 없는 얘기는 아니었다. 지옥 무구를 사용해 내뿜는 불길에 정확히 직격당했다.

지옥 무구는 구천지옥의 정수가 모여 만들어진 무구. 대공이라고 해도 공격에 무방비하게 직격당하면 영혼까지 소멸해 사라질 정도로 강력했다. 약해진 마왕이라면 그 공격에 맞고 소멸하는 것도 있을 수 없는 일은 아니었다.

-히, 히히히히!

마몬의 입가가 비틀어 올라갔다.

-푸히히히히히히히히히히힛!!

광기에 찬 폭소가 터져 나왔다.

마몬은 거대한 배를 움켜쥐며 몸을 숙였다. 그의 어깨가 들썩였다.

-히히히히히히히힛! 온갖 폼이란 폼은 다 잡더니 아주 쌤통이다! 히히! 왜 너랑 싸웠냐고? 네가 더럽게 약해졌으니까 그랬다!

그는 마왕에게 느꼈던 공포를 씻어내듯, 억지로 과장된 동작으로 웃으며 뒤뚱뒤뚱 움직였다. 죽음의 위기에서 벗어난 기쁨은 다른 무엇과도 비교하기 힘들었다.

'기분 전환 삼아 인간들이라도 학살해 볼까?'

귀찮은 일이라며 무시했지만, 지금은 그 귀찮음도 충분히 감내할 수 있을 것만 같았다.

-마몬, 님?

그를 바라보는 악마들의 입이 쩍 벌어졌다. 경악에 찬 표정에 마몬은 고개를 갸웃거렸다.

-푸힛. 뭐야?

-그, 그게…….

-마몬 님의 얼굴에서…….

-응?

마몬은 무슨 헛소리를 하냐는 듯 얼굴을 더듬었다.

지방으로 뒤덮인 그의 코에서 검은 피가 흘러나오고 있었다. 코만이 아니었다. 귀에서, 눈에서, 입에서 검은 피가 쏟아져 내렸다.

-뭐, 뭐야 이거?

다급해진 마몬은 그의 몸을 더듬었다.

콰드드득! 우드드득!

-아아아아아아아아악!!

무시무시한 격통이 전신을 덮쳤다. 지방으로 뒤덮인 그의 살을 뚫으며 검은 피가 솟구쳤다. 어깨가, 가슴이, 팔이, 허리가, 사타구니가, 허벅지가, 다리가, 발이. 폭포수처럼 검은 피를 쏟아내고 있었다.

-히, 히익!

마몬은 자신의 몸 안에서 쏟아지는 검은 피를 내려다보았다. 아찔한 고통에 그는 벌벌 몸을 떨었다.

-아, 아냐.

실성한 듯 중얼거렸다. 바닥에 쏟아진 검은 피. 그것은 '자신의 피'가 아니었다. 아니, 애초에 피조차 아니었다.

저것은…….

-아아아아아아악!

미칠 듯한 통증. 마몬에게서 쏟아진 검은 피가 바닥에 넓게 퍼져 나가기 시작했다. 10미터, 20미터가 아니다. 반경 500미 터를 검은 액체가 모조리 잠식했다.

-뭐, 뭐야 이게!

-아아악! 내, 내 다리!

-도, 도망…….

혼란이 퍼져 나갔다. 밤하늘이 땅에 펼쳐진 듯 넓게 펼쳐진 어둠에서 무수한 입들이 나타났다. 그 범위 안의 악마들을 씹 어 삼키기 시작했다.

끔찍한 비명. 살점이 씹어 삼켜지고, 뼈가 박살 나는 소리.

-으, 으아아아아아악!

마몬은 비명을 질렀다.

-왜, 왜 죽지 않는 거야! 왜, 대체 왜!!

그를 보며 비웃던 괴물의 미소가 떠올랐다. 마몬은 발작하 듯 '탐욕'을 들어 올렸다. 샛노란 화염의 방벽이 그를 지켰다.

-히, 히히히! 이거 지옥 무구야, 이 개새끼야!!

지금 그가 기댈 수 있는 것은 지옥 무구라는 초월적인 무기 하나뿐.

꾸르륵.

바닥에 깔린 어둠이 움직였다. 마치 촉수처럼 길게 뻗어 나 온 어둠.

천력의 권능이 맺힌 어둠이 화염 방벽을 후려쳤다. 파동의 권능이 맺힌 어둠이 화염 방벽을 때리고, 참살의 권능이 맺힌 어둠이 화염 방벽을 파고들었다.

칼날, 신속, 천공, 맹시, 공포, 주시자, 격노, 투영, 파공, 철벽, 암극, 토감, 철부, 참살, 붕괴, 분신, 빙결, 지옥불. 봉쇄, 통찰, 보호, 감시자, 통언, 종속, 암영, 유혹, 재생, 폭발, 인형, 뇌전, 원기, 부패, 파쇄⋯⋯.

한 존재가 가질 수 없고, 가져서도 안 되는 권능들. 동시다발적으로, 막무가내로 써진 권능이 주변에 휘몰아쳤다.

쿠구구구구구궁!

대지가 뒤틀렸다. 지반이 어긋나며 악마교의 거대 지부가 있던 산 전체가 아래로 가라앉기 시작했다.

자연재해. 재앙. 생물의 범위를 아득하게 뛰어넘은 경이. 어둠이 펼쳐져 있는 500미터를 반경으로 수십, 수백 개의 권능이 한 번에 휘몰아쳤다.

땅이 녹아내린 자리에 벼락이 친다. 보이지 않는 파동이 악마의 두 팔을 날려 버리더니 이내 검은 칼날이 두 다리를 잘랐다. 구천지옥이 오히려 평온한 천국처럼 느껴질 정도로 악몽 같은 파괴의 현장.

-아, 아아아.

마몬은 입을 벌렸다. 단어조차 되지 않은 언어의 편린이 그의 입에서 흘러나왔다. '탐욕'으로 만들어낸 화염 방벽은 이미 찢겨 나간 지 오래. 아무 반항도 하지 못한 채 멍하니 서 있는 것은 다른 악마들도 마찬가지였다.

-아, 아아.

그 순간 악마들은 떠올렸다. 마왕에게 지배당하던 공포를. 지옥 구석에 숨어 숨죽이며 지냈던 굴욕을.

-히, 히히히힛.

마몬은 실성한 듯 웃음을 터뜨렸다.

-히히히히히히히히히히히힛!!

'왜 그랬어?'

마왕의 물음이 떠올랐다.

'왜 나랑 싸웠어?'

답할 수 없었다. 답할 수 있을 리가 없었다.

-사탄.

마몬은 비대한 몸을 애처롭게 떨었다. 머나먼 북쪽. 그 얼음의 대지 아래 있는 사탄을 떠올렸다.

-우리는 틀렸다.

지구에서 보낸 수천 년의 시간. 마왕이 없었던 시간. 기나긴 시간을 보내며 그만 잊어버리고 말았다. 아니, 알면서도 무시하려 했다.

　-저 괴물은…….

　악마의 악마이자 지옥의 지옥이며, 포식자의 포식자.

　-이길 수 없어.

　콰드드득!!

　반경 500미터에 걸쳐 펼쳐진 어둠이 순식간에 압축됐다. 마몬의 비대한 몸이 어둠에 집어삼켜졌다. 마몬의 두 번째 패배였다.

　그리고 그다음은. 없다.

◆ 5장 ◆
심연 속에서

가라앉고 있었다. 끝이 보이지 않는 어둠. 바다처럼 펼쳐진 늪 속으로 점점 몸이 빨려 들어갔다.

'여긴.'

천천히 눈을 떴다. 아무것도 보이지 않았다. 질척하고 끈적한 무언가가 자신을 끌어당기는 것이 느껴졌다.

사고가 돌아가지 않는다. 항거할 수 없는 충동이 몸을 끌어당기고 있었다. 나른함, 무기력감. 몽롱함. 지독한 수마(睡魔)에 짓눌린 듯한 감각.

'가라앉고 있다.'

오로지, 점점 더 깊은 곳으로 가라앉고 있다는 감각만이 그에게 남았다.

'나가야 해.'

희미한 의식이, 내재된 본능이 저 깊은 곳으로 들어가면 안 된다고 말하고 있었다.

발을 박찼다. 두 팔을 휘저었다.

콰드드득!

살이 뜯기는 소리. 날카로운 이빨이 뼈에 닿아 갈리는 소리. 어둠 속에서 나타난 입이 그의 다리를 물었다.

'아.'

아무런 고통도, 감각도 느껴지지 않았다. 위로 올라가던 몸이 아래로 조금 끌어당겨진 것 같은 느낌만 받았을 뿐.

'위험해.'

본능이 경고했다. 차라리 통증이 느껴졌다면, 미칠 듯이 아팠다면 위험하다고 생각하지 않을 수도 있었다. 하지만 지금은, 살점이 씹어 삼켜지는 도중에도 '아무것도' 느껴지지 않는다는 것은 위험했다. 감각이 사라진다. 시각을 시작으로 청각, 후각. 서서히, 하지만 확실하게 오감이 지워져 가고 있었다.

우드드득.

살점이 씹어 먹혔다. 몸이 급격하게 아래로 끌려가는 것이 느껴졌다. 고통은 없다. 느껴지는 것은 지독한 나른함뿐. 이대로 몸에 힘을 빼고 아래로 끌려 내려가는 것도 좋을 것 같다는 생각이 들었다.

'아니.'

고개를 저었다. 머릿속에 든 생각을 부정한다.

'나는.'

기억해야 했다. 떠올려야 했다. 자신이 누구인지, 어떤 과거를 살았으며, 무슨 일들을 겪었는지.

자아는 무수한 기억과 경험의 집합체다. 지금 기억을 잃는 순간, 끝없는 바다에 녹아 그대로 사라져 버리리라.

우드드득.

무수한 입들이 몸을 씹어 삼켰다.

발을 박찼다. 아무것도 보이지 않는 어둠을 헤쳐 위로 올라갔다. 하지만 역부족. 그의 몸은 점점 더 깊은 어둠 속으로 빨려 들어갔다.

손을 뻗었다. 닿지 않았다. 발을 박찼다. 몸이 떠오르지 않았다. 점점 더 깊은 어둠으로.

"제기, 랄."

입을 열었다. 감각적으로 느낄 수 있었다.

'깊은 곳이다.'

만마전의 얕은 부분 너머에 있는 곳. 아직 강우도 완전히 사용할 수 없는 '깊은' 쪽의 마기가 모여 있는 장소. '개문'을 한 이후 이곳까지 빨려든 적은 처음.

강우의 본능이 경고했다.

'위험해.'

위로 올라갈 육체는 이미 무수한 입에 뜯어 먹힌 지 오래. 지금 이곳에 남은 것은 '오강우'라는 인간이 지닌 정신밖에 없었다.

'이미 늦었어.'

돌아가지 못한다. 돌아가기에는 너무 깊은 곳까지 와버렸다. 이대로 시간이 지나면 아득한 마해의 안에서 녹아 사라져버릴 것이다.

'다른 방법을 사용했어야 했나.'

뒤늦은 후회가 밀려왔다.

만마전 제2문 개방. 과거 만 년의 시간 속에서도 2문을 개방한 것은 바알과 싸울 때 말고는 없었다. 그때도 '돌아오는' 것이 쉽지 않았지만 지금 정도는 아니었다.

'자력으로 올라가는 건 무리야.'

아무리 발버둥 쳐도 지금 몸으로는 '위'로 올라갈 수 없었다.

강우는 고개를 들었다. 어둠으로 가득 찬 공간에는 아무것도 보이지 않고 있었다.

'이대로.'

자신은 끝난다.

문득 그런 생각이 들었다. 단 한 번의 행복도 없는 삶을 살아오다가, 지옥에 빨려 들어가 만 년이라는 아득한 시간을 아득바득 버티다가, 드디어 행복의 끄트머리를 붙잡자마자.

죽는다. 허망하고 허무하게 그 끝을 맞이한다.

"지랄."

표정을 일그러뜨렸다.

만 년을 견뎌왔다. 수천, 수만 번의 전투를 겪으며 살아남았다. 그런데 여기서, 이렇게 죽는다고? 그럴 수 있을 리가.

"해보자 이거지."

몸을 돌렸다. 점점 녹아내리고 있는 몸. 깊은 쪽의 마기에 흡수되어, 사라져 가는 육체가 보였다.

'필요 없어.'

대공이 어떻게 부활했겠는가. 육체가 모조리 사라졌다 해도 그 영혼이, 정신이 남아 있었기 때문이었다. 중요한 것은 만마전도, 666개의 권능도, 무한한 마기도 아니었다. 그건 자신의 존재를 이루는 단편에 불과했다.

"올라갈 수 없다면."

강우는 고개를 내렸다.

만마전의 가장 깊은 곳. 과거 자신도 닿지 못했던 미지의 영역. 심연(深淵).

"내려가야지, 뭐."

위로 올라가려는 몸의 힘을 한순간에 풀어버렸다. 한계까지 당겨진 활시위를 놓아버린 듯, 그의 몸이 무시무시한 반탄력과 함께 더욱 아래로 가라앉았다.

꾸르르르르륵!

자신의 몸을 아래로 내려 끌던 힘이 갑작스러운 그의 행동에 당황했다. 이제는 가라앉는 그의 몸을 위로 끌어당기고 있었다.

강우는 웃었다.

"늦었어, 인마."

끌어당기는 힘을 무시하고, 더욱 깊은 곳으로 나아간다.

깊이. 깊이. 깊이.

쿠르르르륵!

그리고. 보이지 않는 벽을 통과했다. 아득한 힘이 그의 몸을 전율시켰다. 빛 한 점 없이 어두운 것은 똑같았지만, 본능적으로 느낄 수 있었다.

'여기가, 심연.'

만마전의 가장 깊은 곳. 단 한 번도 닿지 못했던, 만마전의 뿌리가 있는 장소.

쩌저저저저적.

거대한 균열이 달렸다. 그 크기는 직경 1킬로미터. 이제까지 봐왔던 어떠한 균열보다 큰 크기였다.

거대한 균열이 천천히 벌어지고, 균열 안에서 노란색 빛이 흘러나왔다. 강우는 두 눈을 부릅떴다.

'균열이, 아니야.'

가늘게 몸이 떨렸다. 균열이라고 착각했던 것의 정체. 그것을 알고 나니 몸 안에 전율이 흘렀다.

강우는 헛웃음을 흘렸다.

'이건.'

눈. 거대한, 아니, 더 이상 크기를 설명하는 것이 의미가 있을지 의아할 정도로 거대한 눈.

노란 눈동자에 가로로 길게 찢어진 검은 동공이 나타났다. 월드컵 경기장만 한 크기의 눈이 강우를 향했다.

[왜, 벌써 이곳에 온 거지.]

"……뭐?"

머릿속에 들리는 물음에 강우는 눈살을 찌푸렸다.

'뭐야 이건 또?'

만마전의 가장 깊은 곳. 심연에 자리 잡은 정체불명의 존재. 한 번도 본 적 없고, 느낀 적도 없었던 그 존재가 강우를 바라보았다.

온몸에 소름이 돋았다. 항거할 수 없는 존재를 마주한 기분. 비유하자면…….

'신.'

티리온과는 비교할 수조차 없었다. 거대한 그 존재감에 숨이 제대로 쉬어지지 않았다.

'씨발.'

강우는 입술을 깨물었다. 가이아 시스템에 봉인을 당하기 전, 전성기의 그라고 하더라도 지금 이 눈앞의 존재에는 감히 대항하지 못했으리라.

'이딴 게 왜 내 안에 있는 거야.'

이해할 수 없었다. 머릿속이 복잡했다. 만마전의 심연에 왜 자신 외에 '자아'를 가진 존재가 자리 잡고 있단 말인가.

[아직 예언의 때가 아닐 텐데.]

"뭔 소리야 그건."

강우는 가늘게 눈을 떴다.

"넌 누구지? 누군데 내 안에 있는 거야?"

설마 두 번째 자아라는 터무니없는 얘기는 아닐 것이다.

'이중인격이라니.'

자신만큼 앞뒤가 똑같으며 확고한 신념 아래 살아가는 사람이 또 어디에 있다고 이중인격이란 말인가. 아니, 애초에 자신의 정신이 분열했다고 보기에 지금 이 심연의 존재는 너무도 이질적이게 느껴졌다.

[나는 모든 마(魔)의 근원이자, 뿌리이다. 악마의 어버이이며, 구천지옥의 창조주다.]

"……"

[알아듣기 쉽게 표현하면 마신, 이라고 불러도 좋겠군.]

마신.

헛웃음이 흘러나왔다. 강우는 머리가 아프다는 듯 이마에 손을 올렸다.

"잠깐. 근원인지 뿌리인지 모르겠지만, 네가 왜 내 안에 있는 거야."

마신이 되기 위한 단계를 밟고 있는 건 사실이었다. 하지만 이제 고작해야 두 번째 조건. 그것도 그중 반밖에 조건을 달성하지 못한 상태. 그 와중에 뜬금없이 마신이 자신의 안에 있다는 것은 이해하기 힘들었다.

[모르겠나?]

"알 방법이 있겠냐. 이제까지 꽤나 많은 악마들을 잡아먹었지만, 신을 잡아먹었던 기억은 없는데."

[하하하하! 당연히 기억이 있을 리가 없지 않은가.]

거대한 눈동자가 움직였다.

[난 처음부터, 네가 지옥에 떨어지기 전부터 네 안에 자리 잡고 있었으니.]

"그건 또 무슨 헛소리야. 지옥에 가기 전에 난……."

[평범했다고? 아무것도 아니었다고?]

낄낄. 짙은 웃음소리가 들렸다.

[평범한 인간이 포식의 권능을 가지고 있나? 아무것도 아닌 인간이 그렇게 막대한 마기를 흡수하고도 제정신을 유지할 수 있을 것 같나? 고작 만 년이라는 시간으로 구천의 지옥

을 지배할 수 있을 것 같나?]

"……."

[답은 간단하다. 처음부터 하나였지.]

가로로 찢어진 동공이 빙글 돌려졌다.

[애초에 넌, 평범하지 않았다.]

"……."

침묵이 흘렀다.

강우는 마음에 들지 않는다는 듯, 가늘게 눈을 떴다.

스스로를 마신이라 칭한 눈동자가 천천히 말을 이었다.

[인간, 너는 어머니의 얼굴을 기억하나?]

"뭐?"

[너를 낳은 존재를 기억하나?]

고개를 저었다. 그는 태어나자마자 부모에게 버려졌다. 한 번도 어머니의 얼굴을 본 기억도, 보려고 한 적도 없었다.

눈동자가 웃었다.

[질문을 바꾸지, 네게 정말 어머니라는 존재가 있다고 생각하나?]

"……."

[이쯤 됐으면 알아들었겠지. 네가 얼마나 이질적인 존재인지를.]

이렇게 노골적으로 말하는데 알아듣지 못할 리가 없었다. 가늘게 몸을 떤 강우가 손을 들어 얼굴을 가렸다. 그리고.

웃었다.

"하하하하! 시바, 별의별 놈이 다 지랄이네."

[음……?]

"어디서 패드립 치고 지랄이야, 인마."

[뭐라?]

"남의 엄마가 있건 없건 네가 뭔 상관이세요."

[그런 의미가 아니라……]

"아아. 뭐, 농담이고. 대충 알아듣긴 했어."

강우는 귀찮다는 듯 손을 저었다.

"이거 그거 아냐?"

[무슨……]

"흑막 복선 깔기. 안 봐도 뻔하다 인마. 나중에 너 은근슬쩍 등장해서 사실 이제까지 모든 것은 내 계획이었다! 이제 네 몸을 내놓아라! 뭐 이 지랄 하려고 하는 거지?"

[……]

"맞지? 새끼 입 싹 다문 거 보면 맞네. 괜히 출생의 비밀 들먹이면서 헛소리하는 꼬라지 볼 때부터 내가 알아봤다."

[네놈……]

"왜, 뭐 부모가 없다는 사실에 질질 짜면서 충격받기라도 하길 바랐냐? 내, 내가 꼭두각시였다니? 이 지랄 하면서 즙 좀 짜줘?"

강우는 낄낄낄 웃음을 터뜨렸다.

"아주 그냥, 새끼가 심성이 글러먹었어요, 글러먹었어. 아니, 시바 꼬우면 네가 직접 하지 그러셨어요? 이제까지 처박혀서 찌그러져 있다가 폼이란 폼은 다 잡고 기어 나오네."

입가를 비틀어 올린 강우가 고개를 들어 한눈에 들어오지도 않는, 그 크기를 짐작할 수도 없을 정도로 거대한 신을 향해 입을 열었다.

"× 까 이 새끼야."

만 년 동안 지켜온 순결. 정확히는, 아직 '인간의' 손이 닿지 않은 몸.

"어디서 감히 내 몸을 넘봐?"

억울해서라도 못 준다, 이 새끼야!!

[이 건방진 놈이……!]

심연이 꿈틀거렸다. 그러자 거대한 눈이 깜빡였다.

'워우.'

절로 탄성이 나오는 광경. 눈 하나의 크기만 해도 직경 1킬로미터. 눈만 해도 그 정도였으니 그 본체가 얼마나 거대한지는 상상조차 되지 않았다.

'적어도 눈이 본체는 아닌 모양이군.'

심연 속에 가려져 보이지 않았지만, 거대한 눈동자에 걸맞게 그 본체의 크기는 어마어마했다. 대략적인 느낌만으로는 거대한 산이 장난감처럼 느껴질 정도의 크기. 과거, 신화 속에 나오는 거인, 티탄을 연상케 하는 크기였다.

'상관없지.'

강우는 웃었다. 상대가 얼마나 큰 몸집을 가지고 있건, 얼마나 강력한 힘을 가지고 있건 중요치 않았다. 중요한 것은 그런 것이 아니었다.

[인간이, 주제를 모르고 날뛰는군.]

"거, 신이라는 분은 자기 주제를 알고 그리 말씀하시나?"

[뭐라?]

강우는 느긋한 목소리로 말을 이었다.

"솔직히 말하면, 네가 어떤 상황인지 몰라. 무슨 계획을 가지고 있는지, 그 계획이 정확히 어떻게 진행되고 있는지도 몰라. 하지만."

거대한 눈동자를 향해 다가갔다.

"내가 없으면 그 계획은 성립되지 않는다는 것 정도는 알고 있지."

[…….]

신은 침묵했다. 거대한 눈동자가 가늘게 떨렸다.

[네놈이 뭘 안다고…….]

"말했잖아, 모른다고. 내가 아는 건 하나뿐이야."

거대한 기운이 그를 압박했다. 공포는 느껴지지 않았다. 느껴질 리가 없었다.

"넌 내가 필요해. 그렇지?"

[……]

"처음부터 나에게 붙어 있었다고? 그렇다면 내가 지옥에 가게 된 것도, 포식의 권능이란 힘을 가지게 된 것도 네 영향이겠지. 아무 이유 없이, 목적도 없이 그런 짓을 했을 리가 없잖아?"

낄낄 웃음을 터뜨렸다.

"목적을 예상하는 것도 어렵지 않지."

뻔하다. 이 무저갱 속에서, 끝없는 심연 속에서 신이 잠들어 있는 이유. 생각할 것도 없다. 답안지를 외운 문제를 푸는 것이나 다름없었다.

"이곳에서 나가고 싶은 거지? 무슨 이유로 이곳에 처박혀 있는지는 모르겠지만, 이곳에서 나가기 위해서는 내가 필요할 거야."

[……]

무거운 침묵이 흘렀다. 마신은 아무 대답도 하지 못했다.

이윽고 거대한 눈동자가 격렬히 떨렸다. 강렬한 분노가, 신성(神聖)을 지니지 않은 하찮은 피조물이 감히 견딜 수 없는 거대한 힘이 뿜어져 나왔다.

심연이 꿈틀거렸다. 어마어마한 힘의 격류가 담긴 마기의 창이 만들어졌다. 수십, 수백 개가 아니었다. 만, 억 단위의 창들. 헤아릴 수 없는 숫자의 창.

곧 마기의 창이 강우를 향해 쏘아졌다.

차좌좌좌좌좍!!!

어깨가 뚫렸다. 팔, 다리, 허리. 온몸에 창이 틀어박혔다. 진짜 육체가 아닌 정신으로 이루어진 육체라 하더라도 끔찍한 고통이 느껴졌다. 급소에 맞으면 죽는다는 생각이 들 정도로. 하지만.

"뭐야, 이게 끝이야?"

강우는 피식 웃음을 흘렸다. 그리고 그 자리에 서서, 심연 너머를 응시했다. 전신이 난자됐지만, 신경 쓰지 않았다.

그는 심연을 가득 채운 무수한 창들을 바라보며 혀를 찼다.

"아주 그냥 똥을 싸라 똥을 싸. 이렇게 많이 만들면 뭐가 달라져?"

비릿한 웃음을 입가에 머금었다.

힘의 강약이 중요한 것이 아니다. 심연에 나타난 마기의 창이 수백 개건. 수천, 수만 개건 아무런 의미도 없었다. 중요한 것은 나와 타자의 입장. 누가 더 간절한지. 누가 더 절박한지의 싸움.

"자, 이제 확실해졌네?"

웃음을 터뜨렸다. 심연을, 힘으로는 도저히 당해낼 수 없는 경이(驚異)의 존재를 응시했다. 두려움은 없었다. 마몬을 상대할 때보다 오히려 마음이 편했다.

"넌, 날 못 죽여."

[네, 놈.]

거대한 눈동자에서 분노에 찬 목소리가 흘러나왔다.

검은 동공이 확장됐다. 이해할 수 없다는 듯, 그가 물었다.

[왜 두려워하지 않는 거냐?]

이제까지 자신을 눈앞에 둔 모든 인간은 공포에 떨었다. 아니, 인간만이 아니다. 그를 눈앞에 두고 공포에 떨지 않은 존재는 없었다. 신계의 신들조차 그의 앞에서는 숨을 죽였다.

[내가 누군지 알…….]

"모른다고 몇 번을 말해야 알아먹냐, 이 머저리야."

눈살을 찌푸리며 말을 이었다.

"네가 누군지 몰라, 알고 싶은 생각도 없어. 괜히 무게 잡고 깝치지 마. 너 같은 놈한테 아무런 관심도 없어."

[…….]

"꾸물거리지 말고 정해."

강우는 가늘게 눈을 떴다.

"날 돌려보내거나."

그리고 망설임 없이 말을 이었다.

"같이 여기서 뒈지거나."

[…….]

침묵이 이어졌다. 거대한 눈동자가 떨리고 있었다.

웃음이 나왔다. 그가 어떤 선택을 할지, 어렵지 않게 예상할 수 있었다.

'날 이용하려 하면 안 되지.'

셀 수 없는 악마들이 그를 이용하려 했다. 하지만 아무도 성공한 악마는 없었다. 그가 강했기 때문은 아니었다. 단순히 강하기만 했다면, 그는 구천지옥에 발을 딛지도 못하고 죽었을 것이다.

'날 이용하려 한 놈들은 다 뒤졌거든.'

고개를 돌리자 망설이고, 주저하고 있는 자칭 마신의 모습이 보였다.

입술을 핥았다. 확신하는 것을 좋아하지는 않지만, 이번에는 확신할 수 있었다.

'너도 그렇게 될 거야.'

이름 모를 신을 향해, 낄낄 웃음을 흘렸다.

눈을 떴다.

"……모르는 천장이다."

처음 보는 천장이 눈앞에 있었다.

"크윽!!"

몸을 일으키려고 했으나, 어마어마한 격통이 전신에 퍼졌다. 강우는 일어나지 못한 채 그 자리에 쓰러졌다.

"일어나셨군요, 마왕님."

"……그렇게 부르지 말라고 했잖아."

"호호호. 죄송해요."

리리스는 방긋 미소를 지었다.

강우는 고개를 두리번거리며 물었다.

"여긴?"

"가디언즈의 중국 지부예요. 천무진이라는 인간이 독실을 준비했답니다."

"며칠이 지났지?"

"음……. 전쟁이 끝난 지 일주일 정도 지났네요."

눈살을 찌푸렸다. 일주일. 꽤나 긴 시간을 쓰러져 있었다.

"피해 상황은?"

"가디언즈의 사상자는 769명입니다."

"생각보다 덜 죽었네."

최소 1천은 넘을 거라 예상했었다.

"중간에 악마들이 지부 내부로 병력을 돌린 게 컸습니다."

"전쟁의 성과는?"

"아주 좋습니다. 그… 레벨, 이라고 하던가요? 플레이어들의 평균 레벨이 이번 전투 한번으로 큰 폭으로 올랐다고 하네요. 월드 랭커급도 2명 더 생겼다고 들었습니다."

고개를 끄덕였다. 악마들은 막대한 경험치를 줬다.

'이 정도 성장을 해주지 않으면 곤란하지.'

강우는 만족스러운 미소를 지었다.

"너희들은?"

"발록의 부상이 큽니다. 마기가 날뛰는 것을 맨몸으로 억눌렀어요."

"끄응. 뭐, 그래도 발록이니까."

자연 치유력 하나만큼은 재생의 권능 뺨치는 힘을 가진 것이 발록이었다. 죽지 않았다면, 걱정할 필요는 없었다.

"김시훈이란 인간은 아직 의식을 차리지 못하고 있어요. 부상도 강우 님의 지인 중에서 가장 심각하고요."

"……."

표정을 일그러뜨렸다. 억지로라도 몸을 일으키려고 했으나, 다시 한번 격통이 달리며 자리에 쓰러졌다.

'이래서 개문은 사용하고 싶지 않았는데.'

만마전을 억지로 폭주시키면 얻는 힘도 막대하지만, 그 후유증이 너무 컸다.

'이번에 묘한 새끼도 만났고.'

심연 속에 자리 잡은 이름 모를 신. 그와의 교섭이 잘 흘러가지 않았다면 영영 깨어나지 못했을 것이 분명했다.

'뭐, 어쨌든.'

강우는 침대에 누워 천천히 손을 들어 올렸다. 돌아왔다는 실감이 들었다. 생각해야 할 일은 많고, 해야 할 일은 산더미처럼 쌓였지만 중요한 것은 돌아왔다는 것. 그리고.

'마몬을 먹어치웠지.'

지금 당장은 '개문'의 후유증이 너무 심해 마몬을 먹으면서 어느 정도의 힘을 얻었는지 확인하기는 힘들었다.

'스탯창이라도.'

다른 악마도 아닌 대공을 먹었다. 스탯이 상승하지 않을 이유가 없었다.

130의 마기 스탯이 어디까지 올라갔을지 기대감이 차오르는 것이 당연. 이제까지 다루지 못했던 마몬의 권능에도 흥미가 솟았다.

"강우 님, 보고드릴 게 있어요."

"음."

상태창을 열려던 강우의 손이 멈췄다. 강우는 리리스에게 잠시 기다리라고 명할지 말지 고민에 잠겼다.

하지만 고민은 길지 않았다. 그는 상태창을 열려던 것을 멈추고 리리스에게 고개를 돌렸다.

'지금 확인해도 의미 없으니까.'

개문의 후유증으로 손 하나 까딱하기 힘든 상태. 지금 이 몸으로 얼마나 강해졌는지 아닌지를 따지는 것 자체가 코미디였다.

"말해봐."

"루시퍼의 세력이 악마교와 교전을 벌였다고 합니다."

"호오."

눈을 빛냈다.

'드디어 입질이 온 건가.'

애타게 기다리고 있던 소식 중 하나였다.

"어떻게 알 게 된 거야?"

"발록이 습격했을 당시 율리아라는 계집이 다른 악마교 지부에 연락했더군요. 그 통신 기록을 역추적하여 알아냈습니다."

"……그렇다면 우리가 악마교를 습격하고 있을 그 타이밍에 루시퍼의 세력이 다른 지부를 습격했다는 건가?"

"그렇습니다."

"허."

헛웃음이 흘러나왔다.

'이걸 운이 좋다고 해야 할지.'

의도한 것은 아니었지만, 결과적으로는 환상적인 타이밍이 되어버렸다.

"통신을 역추적했다 했지?"

"예."

"알아낸 건 통신의 내용만인가?"

"후훗, 아뇨."

리리스는 짙은 미소를 지었다. 그녀는 강우가 누워 있는 침대에 다가와 엉덩이를 걸쳤다.

"지휘실 전체를 조사해서 악마교 지부의 위치를 5개 정도 알아냈습니다. 그중에 하나는 티베트 지부처럼 수천 명이 모여 있는 거대 지부인 것 같아요."

"그렇단 말이지."

강우는 웃었다.

'역시 일 처리 하나는 잘해.'

리리스에게 따로 조사를 명령하지는 않았다. 그녀 스스로의 판단하에 발록을 도와 내부를 공격하는 것보다 다른 악마교의 단서를 재빠르게 찾아낸 것이다. 가려운 곳을 긁어주는 듯한 완벽한 일 처리. 그녀가 기특하게 느껴지지 않을 수가 없었다.

"잘했어."

손을 뻗어 리리스의 뺨을 쓰다듬자, 그녀가 야릇한 교성을 흘리며 엉겨 붙었다.

"어떻게 할까요? 가디언즈의 병력을 이용해 다른 지부들을 습격할까요?"

"아니."

고개를 저었다. 루시퍼의 세력이 본격적으로 개입하기 시작했다는 것을 안 이상 굳이 가디언즈 측에서 움직일 필요는 없었다. 아니, 오히려 그 반대.

"루시퍼의 세력과 접촉해."

"아……."

"이번에 알게 된 악마교 지부의 정보를 그들에게 넘겨."

"후후훗. 알겠습니다."

리리스는 짙은 미소를 짓고, 강우의 가슴에 뺨을 대었다.

"저, 왕이 눈을 뜨시지 않아 걱정했습니다."

"……별로 그래 보이지는 않던데."

"많이, 아주 많이 걱정했습니다. 매일 밤 왕의 침소를 지키는 병사들을 모조리 기절시키고 침입해 왕의 곁을 지켰을 정도로."

"그게 무슨 미친 짓이야."

"왕이시여."

리리스는 가슴에 손을 올렸다. 그러자 녹색 촉수가 몸에서 돋아나기 시작했다.

"자, 잠… 읍!"

촉수 중 하나가 그의 입안을 파고들었다. 손가락 하나 까딱할 힘이 없는 그가 그녀의 힘을 거절할 수 있을 리가 만무.

"이 외로움, 이 슬픔. 이 상처."

"으으읍! 으읍!!"

리리스의 얼굴에 18개의 눈동자가 나타났다.

"왕과의 동침으로 치유받고 싶습니다."

"으으으으으읍!!!"

찔꺽. 찔꺽.

그의 전신을 촉수가 휘감았다. 필사적으로 발버둥 쳤다.

밤이 저물었다. 또 하나의 꽃잎이 땅에 떨어졌다.

"으으읍!! 으, 끼익!"

초, 촉수로 가버렷!

"끄응."

다음 날 아침.

악몽 같은 촉수에서 벗어난 강우는 천천히 몸을 일으켰다.

완전하지는 않았지만, 어느 정도는 몸을 움직일 수 있었다.

'상태창.'

[확인하지 못한 메시지가 있습니다.]

[확인하시겠습니까?]

눈앞에 푸른 창이 떠올랐다.

망설임 없이 고개를 끄덕였다.

[탐욕의 대공, 마몬을 포식하였습니다.]

['영혼을 거두는 자' 특성이 발동됩니다.]

['대공 학살자' 특성이 발동됩니다.]

[대공 마몬이 지닌 '불길의 권능'을 사용할 수 있습니다.]

눈앞에 떠오른 메시지창을 바라보며 짙은 미소를 지었다.

'대공의 권능.'

과거 구천지옥을 다스리던 시절 그도 다루지 못했던 가장 강력하고, 파괴적인 권능. 이번에 마몬과의 전투에서 그가 보여준 어처구니없는 화력만 하더라도 불길의 권능이 지닌 가치는 충분했다.

'아직 좀 남았네.'

알람은 끝나지 않았다. 그는 이어진 메시지창을 확인했다.

[마령(魔靈)의 두 번째 조건이 부분적으로 달성됐습니다.]

[악마 대공의 영혼을 하나 더 흡수하면 마령의 모든 조건을 달성할 수 있습니다.]

[마령의 조건이 부분적으로 달성됨에 따라 마기 스탯의 제한치가 상승하였습니다.]

[마기 스탯이 5 상승합니다.]

[마기 스탯 135에 도달하였습니다.]

[만마전의 '깊은' 곳과 연결된 통로가 82.3% 완성되었습니다.]

'이건······.'

강우는 눈을 크게 떴다.

135에 도달한 마기 스탯. 완성이 얼마 남지 않은 '깊은' 곳과 이어진 통로. 절로 입가가 올라갔다.

'거의 다 복구한 것 같은데?'

가이아 시스템에 의해 봉인된 만마전의 힘. 그 힘이 완전히 복구되기까지 이제 얼마 남지 않은 것이 보였다.

구천 지옥에서의 그는 '깊은' 쪽의 마기를 100% 활용할 수 있었다. 그것만으로 구천지옥을 다스리는 마왕의 자리에 올라섰다.

'그런데 또 지금이랑 그때는 다르니까.'

플레이어로 각성하기 전에는 극마지체라는 힘을 얻지도, 대공의 권능을 사용하지도 못했다. 마령의 효과가 무엇인지는 아직 모르지만, 그것도 지옥에 있던 시절에는 없었던 힘이었다. 지금 상황에서 '깊은' 쪽의 마기를 100% 사용할 수만 있게 된다면 과거 자신보다 더욱 높은 경지에 올라서게 될 것은 분명했다.

'아주 좋아.'

사실 지금 상태로도 어지간한 대공은 홀로 상대할 수 있을 자신이 있었다.

'바알은 모르겠지만, 루시퍼랑 사탄은 충분히 비벼볼 만하네.'

물론 그들이 과거와 완전히 같은 힘을 가지고 있어야 한다는 것이 전제였다. 하지만 적어도 '개문'의 힘에 기대어 목숨을 건 도박을 할 필요는 없어 보였다.

'몸이 좀 근질거리네.'

눈앞에 마몬이 한 번 더 나타나서 얼마나 성장했는지 실감할 수 있는 판독기라도 되어줬으면 하는 심정.

하지만 마몬은 이미 죽었고, 루시퍼는 지금 당장 손을 대긴 힘들다. 그나마 발록이 있었지만, 그마저도 부상을 당해 누워 있는 상태.

"쯧."

아쉽지만 다른 방법이 없었다. 강우는 아직 잘 움직이지 않는 몸으로 침대에 다시 누웠다.

"아 참."

그때, 무언가 떠올랐다.

강우는 누웠던 몸을 일으켜 스마트폰을 들었다. 전화를 건 것은 쿠로사키 유리에, 정확히는 그녀의 육체에 들어가 있는 리리스였다.

[평안한 밤 되셨습니까, 강우 님?]

"⋯⋯아니."

어젯밤을 떠올리자 피부에 소름이 돋았다.

강우는 고개를 저으며 말했다.

"리리스. '탐욕'은 어디에 보관했어?"

탐욕. 마몬이 가지고 있는 지옥 무구이자 '마해의 열쇠'와 같은 초월 등급의 무구였다.

[예? 탐욕이라면⋯ 마몬의 지옥 무구를 말씀하시는 건가요?]

"그래."

[음. 죄송하지만 강우 님과 마몬이 싸운 곳에서는 지옥 무구가 발견되지 않았어요.]

"뭐라고?"

강우는 눈살을 찌푸렸다.

'탐욕이 사라졌다고?'

그때의 기억을 곰곰이 떠올렸다.

'마몬이랑 같이 먹어버린 건가?'

가장 먼저 떠오른 생각은 '개문'으로 인해 만마전의 폭주를 일으켰을 때의 기억. 넓게 펼쳐진 어둠에 통째로 잡아먹힌 마몬과 악마들의 모습.

'그럴 리가 없는데.'

고개를 저었다. 아무리 포식의 권능이 만능이라고 하더라도 지옥 무구를 먹을 수는 없었다. 아니, 설사 우연에 우연이 겹쳐 지옥 무구를 먹었다고 한다면 그에 합당한 힘이 들어왔어야 했다. 하지만 아무리 상태창을 살펴도, 시스템 메시지를 확인해도 지옥 무구를 먹은 흔적은 보이지 않았다.

'아예 파괴됐다?'

이번에도 고개를 저었다. 더더욱 가능성 없는 일이었다.

자신의 손으로 직접 지옥 무구에 틈을 만들어 빠져나온 경험이 있었지만, 그것은 무구를 완전히 박살 내는 것과는 다른 얘기였다. 지옥 무구를 완전히 파괴하는 것은 말 그대로 신이라도 오지 않는 이상 불가능했다.

'아니.'

만약 티리온과 같은 급의 신이라면 파괴는커녕 그 힘에 집어삼켜지지 않으면 다행이었다.

"어디에 간 거야."

눈살을 찌푸렸다. 대공의 영혼을 잡아먹은 지금, 지옥 무구는 중요한 자원이었다. 그 초월적인 무기가 지닌 힘은 강우 자신도 완전히 알지 못할 정도로 거대했으니까.

우우웅.

"응?"

그때, 오른손 중지에 낀 반지가 떨렸다. 마해의 열쇠, 초월 등급의 무구가 살아 있는 생명체처럼 꾸물거렸다.

반지를 통해 익숙한 열기가 느껴졌다.

'잠깐.'

강우는 눈을 빛내며 마해의 열쇠의 정보창을 확인했다.

[장비 정보]

장비명: 마해(魔海)의 열쇠

등급: 초월 (각인 완료)

타입: 성장형 *특정 조건이 완수될 때마다 강화됩니다.

기본효과: 고유 스탯 +3, 불굴, 변환, ??? *아직 개방되지 않았습니다.

특수효과: ???, ??? *아직 개방되지 않았습니다.

[효과 설명]

불굴: 어떠한 물리적, 마법적, 영적인 충격으로도 파괴되지 않습니다.

변환: 스킬로 등록된 '무기'로 변환합니다. 권능으로 만든 무기 성능의 34%를 발휘합니다.

[장비 상태]

*소화 대기: 현재 지옥 무구 '탐욕'의 소화를 준비 중입니다.

*마기 부족: 소유자가 지닌 마기의 격이 부족합니다. '마령'을 달성한 이후 '소화'가 시작됩니다.

"······뭐야 이건?"

헛웃음이 흘러나왔다.

'그러고 보니 이거 성장형 무기였지.'

기본적인 성능이 워낙 좋고 다재다능했기 때문에 깜빡 잊어버리고 있었다.

'설마 지옥 무구를 잡아먹었을 줄이야.'

무기가 주인을 따라가는 것도 아니고 이런 기능이 붙어 있을 줄은 생각도 하지 못했다.

"일단 어디 갔는지 찾을 필요는 없으니 다행인가."

지옥 무구의 힘을 바로 사용하지 못한 건 아쉬웠지만 적어도 사라진 것은 아니었으니 마음이 놓였다.

강우는 반지의 형태로 꾸물거리는 마해의 열쇠를 내려다보았다.

'지옥 무구를 흡수한 초월 무기라.'

기대되지 않는다면 거짓말. 이제까지 전례를 찾을 수 없는 강력한 무구가 탄생할 것 같다는 기대감에 가슴이 떨렸다.

"탐욕을 먹을 수 있다는 얘기는······."

다른 지옥 무구도 흡수할 수 있는 의미.

'기대되는데.'

크리스마스에 선물을 받은 어린아이처럼 가슴이 뛰었다.

[강우 님? 무슨 일이신가요? 지옥 무구가 그곳에 있었는지 다시 한번 확인할까요?]

"아니, 괜찮아. 그럴 필요 없어."

강우는 자리에서 일어섰다.

"그보다 시훈이랑 발록은 어디에 있어?"

마몬을 먹고 얻은 보상에 관해서는 확인이 끝났다. 이제는 상처를 입은 부하들을 챙길 때였다.

리리스를 통해 김시훈과 발록의 위치를 전해 들은 강우가 자리에서 일어났다.

"우선은……."

발록과 김시훈. 둘 사이에서 잠시 고민하던 강우는 김시훈이 있는 곳으로 먼저 향했다.

'발록은 튼튼하니까.'

둘 중 누가 더 소중한지의 문제는 아니었다. 발록의 경우 목숨만 붙어 있으면 어떻게든 몸을 재생할 정도로 치유력이 뛰어났다.

'전에 몸 반쪽이 잿더미가 되고도 금방 돌아왔으니까.'

하지만 김시훈은 그 경우가 달랐다. 그에게는 발록처럼 비상식적인 재생 능력이 없었다.

'그래도 뭐, 큰일은 없겠지.'

신의 선택을 받은 영웅. 이제까지 본 그 어떤 사람보다 가장

'주인공'에 가까운 존재. 위기의 순간마다 그를 딛고 일어났으니 솔직히 큰 걱정은 되지 않았다.

강우는 가벼운 발걸음으로 문을 열었다.

"가, 강우 씨!"

문을 열자마자 그 앞에 기다리고 있던 한설아가 다급한 표정으로 그에게 다가왔다.

"의, 의식은 돌아오신 거예요? 어디 아프신 곳이나 불편한 곳은… 아, 아니, 그보다 일어나시자마자 이렇게 움직이시면 안 되죠!!"

의식을 잃고 있던 동안 걱정이 많았는지 울먹이는 목소리였다. 며칠 밤을 새웠는지 눈 밑에 짙은 다크서클도 있었다. 아무래도 리리스가 어젯밤 자신이 깨어났다는 것을 전하지 않은 모양.

'크흡.'

절로 감격이 차올랐다. 어젯밤 겪었던 악몽과도 같은 시간이 머릿속에 떠올랐다.

'내 인생을 바칠게요, 임자!'

혹여나 또 쓰러지진 않을까 조심스럽게 그를 붙잡는 한설아의 손길에 가슴이 뛰었다.

"강우, 괜찮아……?"

한설아와 함께 다가온 에키드나도 초조한 표정으로 강우의 옷깃을 당겼다.

강우는 헤벌쭉 웃으며 고개를 끄덕였다.

"그보다 시훈이는?"

"아직 깨어나지 못하고 계세요."

"흠."

고개를 끄덕였다. 마몬에게 당한 상처가 얕지는 않을 것이다.

"시훈이 좀 보러 갈게."

강우는 두 사람을 밖에 둔 채 김시훈이 잠들어 있는 병실 안으로 들어갔다. 침대에 누워 눈을 감고 있는 김시훈의 모습이 보였다.

"……."

강우는 엄지손가락을 깨물었다. 곧 검은 피가 흘러나왔다. 김시훈의 입을 벌려 피를 흘러내렸다.

'재생의 권능.'

무려 135에 도달한 마기 스탯으로 펼치는 재생의 권능에 창백했던 김시훈의 얼굴에 혈색이 돌고, 녹아내린 두 팔이 원상태로 돌아왔다. 마치 시간을 되돌린 듯, 신의 기적이라도 일어난 듯 김시훈의 몸이 재생되고 있었다.

"으음……."

김시훈의 눈이 뜨였다. 그는 고개를 두리번거리더니 강우를 보곤 당황스러운 표정을 지었다.

"혀, 형님? 무, 무사하신 겁니까?"

"내가 하고 싶은 말이다. 몸은 괜찮냐?"

"아……."

김시훈은 멀쩡한 강우의 모습을 보곤 안도의 한숨을 내쉬었다.

"괜찮습니다. 통증도… 없고요."

그는 희미한 미소를 지으며 대답했다.

"그보다 마, 마몬은 어떻게 된 겁니까?"

전투의 기억이 온전치 않은지 다급한 목소리로 물었다.

"마몬은 죽었어."

"아."

"네 덕분이다, 시훈아."

강우는 그의 어깨를 두드렸다.

빈말이 아니었다. 김시훈이 시간을 끌어주지 않았다면 최악의 상황을 피하기는 힘들었을 것이다.

'기특한 새끼.'

김시훈에게 열심히 투자한 보람이 느껴졌다. 절로 뿌듯함이 차오르는 것은 당연. 강우는 만족스러운 미소를 지으며 김시훈을 바라보았다.

'여기서 조금만 더 강해져 줬으면 좋겠지만…….'

단순한 시간 벌이로 김시훈이라는 카드를 소비하기는 아쉬운 것이 사실. 대공과도 싸울 수 있는, 아니, 그 이상의 경지도 노려볼 수 있는 그에게 거는 기대가 클 수밖에 없었다.

'쉽지는 않겠지.'

이번에 목숨의 위험을 몇 번이나 겪으면서도 김시훈은 각성하지 못했다.

'아무리 시훈이라고 해도 각성을 그렇게 쉽게……'

"어……?"

강우의 생각을 끊어내며, 김시훈의 떨리는 목소리가 들렸다.

"혀, 형님."

그 목소리에 강우는 다급한 표정으로 고개를 돌렸다.

김시훈은 절망이 가득한 표정으로, 자신의 두 손을 내려다보고 있었다.

"소, 손에… 가, 감각이 없습니다."

"……뭐?"

강우는 어처구니없다는 듯 김시훈을 바라보았다.

'아니, 여기서 각성 플래그를?'

힘을 잃어버린 영웅. 본래 지니고 있던 힘을 잃게 됨으로써 더욱 강해진다는, 어디서 많이 본 전개였다.

"허……"

강우는 이걸 좋아해야 할지 아니면 슬퍼하는 척을 해야 할지 알 수 없다는 듯 복잡한 표정으로 이마를 짚었다.

'김시훈이 각성한다는 데 내 전 재산과 왼쪽 손모가지를 건다.'

쫄리면 뒤지시던지.

◆ 6장 ◆
이계의 신

"크읏."

땡그랑.

가늘게 떨리는 김시훈의 손이 검 자루를 놓쳤다.

식은땀에 흠뻑 젖은 김시훈은 거친 숨을 몰아 내쉬었다.

"제길."

짧은 욕설이 흘러나왔다.

김시훈은 바닥에 떨어진 연습용 검을 향해 다시 손을 뻗었다. 검 자루를 움켜쥐는 것만으로도 전신에 비 오듯 식은땀이 흘러내렸다.

"하아, 하아."

꽉 막힌 통로를 억지로 비집고 들어가는 듯한 답답한 감각.

김시훈은 입술을 깨물며 검을 들어 올렸다.

땡그랑.

손에서 검이 떨어지며 맑은 쇳소리가 울렸다.

"제길, 제기랄……!"

바닥에 주저앉았다. 당장에라도 눈물이 쏟아질 것만 같았다. 그는 덜덜 떨리는 손을 내려다보았다. 분명 자신의 손임에도 불구하고 너무도 낯설게 느껴졌다.

'너를, 낳아서……'

머릿속을 울리는 목소리. 분명 그의 어머니가 한 말이지만, 이제는 더 이상 어머니의 목소리로 들리지 않았다. 오히려.

'강해져라, 강해져서……'

붉은 악마 가면.

비웃듯, 조롱하듯, 경멸하듯 웃음기 섞인 목소리. 머릿속에서 울리는 목소리는 어머니가 아닌 사탄의 목소리에 가까워져 있었다.

"닥, 쳐."

얼굴을 일그러뜨린 채, 일어섰다.

다시금 검을 향해 손을 뻗었다. 이를 악물었다. 피가 흘러나왔지만 다시 한 번 검을 들어 올렸다.

땡그랑.

또다시 검이 바닥에 떨어졌다.

"김시훈 수호자님……."

수호의 전당에 위치한 수련실. 그 안에서 필사적으로 검을 쥐기 위해 수련하는 그를 가이아가 애타는 표정으로 지켜보고 있었다.

정확히 말하자면 그의 모습이 보이는 것은 아니지만, 알 수 있었다. 김시훈이 지금 얼마나 처절한 상황인지.

"이, 이렇게 가만히 있어도 괜찮은 걸까요?"

가이아가 떨리는 목소리로 물었다.

"기다려야 합니다."

"하지만……."

"여기서 저희가 시훈이를 믿지 못하면 누가 그를 믿어주겠습니까?"

"적어도 위로라도……."

"안 됩니다."

강우가 단호하게 고개를 저었다.

"의미 없는 동정은 시훈이를 오히려 더 괴롭게 만들 뿐입니다."

"……"

"시훈이를 믿고, 기다려야 합니다."

"……예."

가이아는 힘없는 목소리로 고개를 떨궜다.

대공 마몬에게 당한 상처. 그로 인해 김시훈은 양팔을 잃었다.

"김시훈 수호자님……"

가이아는 입술을 깨물었다.

사실 양팔을 잃은 것 자체는 큰 문제가 되지 않았다. 플레이어들이 존재하는 지금, 현대 의학으로는 불가능한 치료도 가능했다. 실제로 강우의 도움으로 김시훈은 양팔을 되찾았다.

하지만 문제는 김시훈의 뇌가 '팔을 잃었다'고 생각하는 것. 마몬의 화염으로 양팔이 녹아 사라졌을 때의 고통을 뇌가 기억하고 있다는 것이다. 현재 김시훈은 숟가락을 드는 것도 힘들 정도로 양손의 감각이 거의 사라진 상태였다.

"흑, 흐윽."

가이아는 타들어 가는 듯한 슬픔 속에서 눈물을 흘렸다.

최근 며칠간 김시훈은 단 한숨도 자지 않고 수련실에 처박혀 나오지 않고 있었다.

아무리 초인의 신체를 가지고 있다 해도 며칠 밤을 쉬지도 않고 계속해서 수련한다는 것이 얼마나 고통스러울지는 어렵지 않게 상상할 수 있었다.

"괜찮습니다."

강우가 흐느끼는 가이아의 어깨를 짚었다.

"시훈이는, 이겨낼 수 있을 겁니다."

고개를 돌려 수련실을 바라봤다. 식은땀에 전신이 젖은 김시훈이 필사적으로 검을 들어 올리고 있었다.

강우는 입가에 희미한 미소를 지었다.

'그럼, 김시훈이 누군데 당연히 이겨내지.'

그냥 단순하게 김시훈이 굉장히 주인공스럽기 때문에 하는 생각이 아니었다. 그가 신의 선택을 받았기 때문도, 그림으로 그린 듯한 영웅이기 때문도 아니었다.

'저놈은 절대 포기 안 해.'

할파스와의 전투를, 마몬과의 전투를 떠올렸다. 김시훈은 도저히 이길 수 없는 적을 상대로, 당장 목숨이 위태로운 순간에도 결코 도망치지 않았다.

그것은 그가 두려움을 느끼지 못하기 때문이 아니었다.

'죽음조차 가소로운 의지가 있기 때문이지.'

직감적으로 느낄 수 있었다. 김시훈은 지금 역경을 극복할 것이다.

'그리고.'

더욱 강해질 것이다.

강우는 기대감에 찬 눈으로 김시훈을 바라봤다.

처음 인연의 시작은 좋지 않았다. 어디 소설에서 튀어나온 듯한 놈이 고생 없이 힘을 갖는다고 불평도 했다. 하지만 그와 지내면서, 김시훈이란 인간을 알게 되면서 생각이 좀 변했다.

'진짜 저놈이 동생처럼 느껴질 줄이야.'

무슨 쌍팔년도 스파이 영화도 아니고 이용해 먹으려고 생각했던 놈에게 정이 들어버렸다.

강우는 쓴웃음을 지었다.

"아."

그때, 옆에 있던 가이아의 입에서 탄성이 흘러나왔다.

강우는 고개를 돌렸다.

"무슨 일이십니까?"

"계, 계시가… 아니 이걸 계시라고 해야 할지……. 가이아 님과는 다른… 신의 목소리가 들렸어요."

"다른, 신이요?"

"누군지는 저도 모르겠어요. 다만, 가이아 님과… 밀접한 관계이신 분 같아요."

"뭐라고 말했습니까?"

가이아는 조심스러운 목소리로 말을 이었다.

"이계의 신이… 이쪽으로 오고 계신다고 말씀하셨어요."

찬란한 빛에 휩싸여 있는 신전. 구름 위에 지어진 그 신전에 한 여인이 누워 있었다.

기다란 갈색 머리칼을 지닌 가녀린 여인. 넓은 제단 위에 누워 희미한 숨을 몰아쉬고 있는 그녀의 주변에 한 사내가 걸어왔다. 사자 갈기와도 같은 거친 머리칼을 지닌 사내였다.

"가이아 님은 어떤가."

"아, 우라노스 님."

제단 주변에 서 있던 흰색 사제복을 입은 여인이 허리를 숙였다. 어두운 표정의 그녀는 씁쓸한 미소를 지으며 의식을 잃은 가이아를 쓰다듬었다.

"아직 의식을 차리지 못하고 계십니다. 가끔씩 깨시기는 하지만 그마저도 금방 다시 잠드셔서……"

"흠."

우라노스는 침음을 삼켰다.

"지구에 뿌리내린 악마 대공이 죽었음에도 의식은 돌아오지 않은 건가."

씁쓸한 목소리로 중얼거렸다.

가이아의 선택을 받은 영웅들, 가디언즈의 손에 의해 지구에 자리 잡은 악마 대공이 쓰러졌다. 하지만 가이아의 상태는 전과 마찬가지.

"그래도 아주 조금이지만 혈색이 좋아지시긴 했습니다. 다만……."

"근본적인 원흉을 제거하기 전에는 상황이 해결되지 않겠지."

예언의 악마를 봉인하기 위해 모든 힘을 쏟아낸 가이아. 그녀는 시스템에 대한 과도한 개입으로 신성(神聖) 자체가 소멸할 위기에 처해 있었다.

"후우."

절로 한숨이 흘러나왔다.

가이아가 수호하고 있는 세계. 아름다운 푸른색이 가득한 별. 그 별의 미래가 너무도 어둡게 느껴졌다.

가이아의 수발을 들던 여인이 누워 있는 가이아의 손을 잡았다.

"우라노스 님이 본격적으로 개입할 수만 있었어도……."

"불가하다."

우라노스는 고개를 저었다.

여인은 이해가 가지 않는다는 듯 물었다.

"이해가 가지 않습니다. 대체 왜 이런 상황에서도 시스템은 신계의 개입을 막는단 말입니까?"

흥분한 목소리로 외쳤다.

우라노스는 고개를 저었다.

"모른다. 우주의 섭리가 그러하니 따를 수밖에."

"하지만……."

"그래도 아예 손쓸 방법이 없는 건 아니다."

우라노스는 낮은 목소리로 말을 이었다.

"이번에 머나먼 이계의 신에게 도움을 청했다."

"하지만 그들도 신이라면 인간계에 개입이……."

"완전하지는 않지만, 그래도 이계의 신은 어느 정도 제약에서 벗어날 수 있다."

영웅신 티리온. 하급신에 불과한 그가 일개 인간에게 힘을 전달해 준 것만 보더라도 그 사실은 어렵지 않게 알 수 있었다.

원래라면 힘을 건네주기는커녕 목소리만 잘못 전달해도 신성이 소멸해 버리는 것이 바로 시스템의 제약. 가이아 정도의 상급신이라 아니라면 시스템의 개입하는 것은 거의 불가능했다.

비록 소멸했다 하지만 화신이나 후예도 아닌 인간에게 그 정도의 힘을 건네줄 수 있다는 것 자체가 이계의 신들에게는 시스템의 제약이 훨씬 적게 들어간다는 사실을 증명했다.

우라노스의 말을 들은 여인이 눈을 빛냈다.

"그렇다면 그 에르노어 대륙이란 곳의 신을……."

"아니, 이번에 내가 도움을 요청한 신은 훨씬 더 먼 차원에 있는 신이다. 가이아 님이 이렇게 되시기 전에 알고 지냈던 사이라더군."

"그 신은 누구⋯⋯."

"곧 도착할 거다."

우라노스는 몸을 돌렸다.

곧 새하얀 균열과 함께 한 여인이 걸어 나왔다. 찬란한 금발을 지닌 여신의 몸에서 눈부신 광휘가 흘러나왔다.

"여기가 가이아가 담당하는 세계구나."

금발의 여신이 고개를 두리번거리며 주변을 살폈다.

우라노스는 그녀에게 다가갔다.

"와주서서 고맙소."

"네가 우라노스구나? 가이아에게는 예전에 얘기 들었어."

그녀는 의식을 잃은 채 쓰러져 있는 가이아를 바라보며 짙은 한숨을 내쉬었다.

"어쩌다가 이렇게⋯⋯."

"예언의 악마가 지닌 힘을 봉하시기 위해 희생하셨소."

"예언의 악마⋯⋯?"

고개를 갸웃거리는 여신.

우라노스는 무거운 목소리로 말을 이었다.

"신들이 개입할 수 있는 정보가 워낙 제한적이기에 아직 그 정확한 정체는 우리도 모르오. 다만……."

거칠게 주먹을 움켜쥐었다.

"사탄, 이라는 악마가 예언의 악마일 가능성이 현재로써는 가장 높소."

"사탄? 이 세계에도 사탄이 있어?"

"그대가 있는 세계의 사탄과는 다를 것이오."

"음……."

여신은 침음을 흘렸다.

"이러다가 가이아가 죽기라도 하면 이 세계는……."

"그렇게 두지 않을 거요. 설사 내가 소멸하는 일이 있더라도."

우라노스는 타오르는 눈빛으로 말했다.

여신은 무거운 표정으로 고개를 끄덕였다.

"그래서 내게 부탁하고 싶은 일이 정확히 뭐야? 참고로, 나도 큰 개입은 할 수 없어."

"알고 있소. 그대에게 부탁하고 싶은 것은 이거요."

우라노스가 손가락을 튕겼다. 날카로운 눈매를 가진 인간의 모습이 떠올랐다.

"이름은 오강우. 가이아 님의 화신이 가장 신뢰하고 있는 인간이오. 이자에게 그대가 줄 수 있는 만큼 모든 힘을 줬으면 하오."

"음……. 어떤 인간인데?"

"솔직히 말해 나도 잘 알지 못하오."

"알지 못한다고?"

우라노스는 고개를 끄덕였다.

"가이아 님이 쓰러지시면서 우리 쪽 신들은 시스템에 개입하기가 더욱 어려워졌소. 오강우라는 자도 화신을 통해 간접적으로 알게 된 인간이오. 다만… 그자가 굉장히 뛰어난 인간이라는 것만큼은 확실히 보장할 수 있소."

인간이 무려 대공을 죽인다. 그 전투 과정을 자세히 알지는 못했지만, 대공을 죽인 존재가 오강우라는 인간이라는 것은 가이아의 화신을 통해 전달받았다.

"이자를, 우리 세계의 희망으로 키우고 싶소."

우라노스는 굳은 의지가 담긴 목소리로 말했다.

금발의 여신은 가늘게 눈을 떴다.

"흐응……."

그녀는 천천히 입을 열었다.

"일단 직접 이 인간을 한번 봐야겠어. 네 말대로 세계의 희망으로 어울리는 존재인지."

"……주의가 깊구려."

우라노스의 말에 여신은 굉장히 불쾌한 기억을 떠올렸다는 듯 고개를 저었다.

"어떤 쓰레기 같은 인간 하나 때문에 엄청 고생한 경험이 있어서."

"흠. 어떤 인간이었소?"

"이기영이라는 천하의 개 호× 새… 휴우, 신경 쓸 필요는 없어. 이 세계랑은 상관없는 일이니까."

여신은 악몽을 지워내듯 고개를 저었다.

"어쨌든 이번에 저 오강우라는 인간은 내가 직접 보고 믿을 만한 인간인지 판단할게. 가이아에게는 빚이 있으니까, 나도 될 수 있는 한 적극적으로 도와주고 싶어."

"믿고 있겠소, 베니고어 여신."

우라노스는 머나먼 이계에서 온 여신, 베니고어를 향해 허리를 숙였다.

"이계의 신……?"

강우는 눈살을 찌푸렸다. 이제까지 가이아를 통해 '위쪽'의 의지를 전달받은 경험은 있었다. 퀘스트라는 형태를 통해서 도움을 받은 적도 있었다. 하지만 이번만큼 그 의도가 이해할 수 없었던 적은 없었다.

'갑자기 웬 이계의 신?'

가늘게 눈을 떴다.

가이아가 머릿속에 울리는 목소리에 귀를 기울이며 말했다.

"저도 잘은 모르겠어요. 다만, 지금 우리로서는 이 방법이 최선이라고……."

강우는 침음을 흘렸다. 머릿속이 복잡했다.

'왜?'

의문이 피어올랐다. 지금 당장 주어진 정보로는 왜 굳이 이계의 신을 불러들일 필요가 있는지 알 수 없었다.

우우웅.

의문이 끝나기도 전에, 수호의 전당 내부에 새하얀 게이트가 생겨났다. 그리고 게이트 안에서 찬란한 금발을 지닌 여인이 걸어 나왔다.

그 여인에게서는 눈을 뜨기 힘들 정도로 강렬한 광휘가 뿜어져 나오고 있었다.

"네가 가이아의 화신이구나. 그리고… 네가 그 오강우라는 인간이고."

게이트 밖으로 나온 금발의 여인이 입을 열었다. 단순히 말하는 것뿐임에도, 그 거대한 힘이 피부를 자극했다.

'티리온이랑 차원이 다르잖아.'

강우의 표정이 굳었다.

쿵!

"형님! 방금 빛은……."

"강우 씨. 무슨 일이에요?"

"강우, 뭐 잘못된 거야?"

"뭐, 뭐야? 뭔 일이야?"

"형님!! 무슨 일이요!"

수련실의 있던 김시훈이 다급히 나왔다. 수호의 전당에 위치한 다른 수련실에서 한창 수련을 하고 있던 한설아와 에키드나, 차연주, 강태수도 우르르 걸어 나왔다. 그들의 시선이 광휘를 뿜어내고 있는 여인에게 향했다.

"내 이름은 베니고어야. 우라노스의 부탁을 듣고 너희들을 도와주러 왔어."

"……."

침묵이 흘렀다.

갑자기 나타난 이계의 신. 그 존재를 어떻게 대할지 알고 있는 사람은 없었다.

강우가 앞으로 나섰다. 그는 경계 서린 눈으로 그녀를 응시했다.

"이계의 신이라면… 에르노어 대륙의 신이십니까?"

가장 가능성이 높은 것은 역시 몇 번이나 접점이 있었던 에르노어 대륙.

베니고어는 고개를 저었다.

"아니야."

'아니라고?'

강우는 가늘게 눈을 떴다. 머릿속이 한층 더 복잡해졌다.

"이곳에는 무슨 일이십니까? 도와준다는 것이 구체적으로 무슨 말이죠?"

"그렇게 경계할 필요는 없어. 너희에게 해를 끼치려고 하는 건 아니니까."

베니고어는 짧은 한숨을 내쉬며 사정을 설명했다. 그 설명이 이어질수록 강우의 표정이 딱딱하게 굳었다.

'이세계의 신은 시스템의 제약을 덜 받는다고?'

결코 좋은 소식이 아니었다. 아니, 사실상 최악의 소식에 가까웠다. 우라노스는 가이아가 담당하고 있는 세계를 지키기 위해 다른 세계의 신에게까지 도움을 청했다. 간단히 할 수 있는 일이 아니다.

비유하자면 국가 경제가 파탄이 나서 IMF의 도움을 요청한 것과 마찬가지인 상황. 즉, 더 이상 가이아와 그 측근들은 강우를 비롯한 가디언즈에게 도움을 주기 힘들 정도로 궁지에 몰렸다는 것을 의미했다.

'이런 슈바.'

만약 이세계의 신이 베니고어처럼 도움을 주기 위해서만 온다면 반길 만한 소식이다.

'그럴 리가 없지.'

바깥의 신, 시스템의 제약을 상대적으로 덜 받는 아우터 갓이 모두 이 세계를 도와주기 위해 온다? 무슨 아동용 만화도 아니고 서로 손에 손잡고 잘살아보세, 같은 일이 일어날 리가 없다.

'이런 시바, 그럼 지금 당장 다른 세계의 신이 침략한다고 하면 우리 쪽 신들은 손 빨고 지켜만 봐야 한다는 거잖아.'

물론 지금 바로 닥칠 일은 아닐 것이다. 아직 가이아는 살아 있고, 지구를 수호하는 가이아 시스템도 완전히 사라지지 않았다. 베니고어처럼 가이아의 '허락'을 받고 온 경우가 아니라면 아우터 갓이 함부로 침략할 수 없을 것이다.

'하지만 이대로 가이아 시스템이 완전히 붕괴한다면.'

대체 어떤 놈들이 지구에 올지 알 수 없는 상황.

'야, 이 무능한 새끼들아.'

머리가 지끈거렸다. 가이아를 비롯한 지구를 수호하는 신들에게 분노까지 치밀어 올랐다.

지금 상황을 비유하자면 딱 그거다.

'국가 경제 파탄 나서 외국 기업이 들어오는 걸 못 막는 거잖아……'

외세가 아무리 설치고 다녀도 국가가 아무것도 보호해 줄 수 없는 상황. 결국 피를 흘리며 고통받는 것은 국민의 몫이었다.

'시바, 대체 이 꼴이 될 때까지 뭘 한 거야.'

머저리 같은 가이아와 그 측근들에 대해 자연스럽게 욕지기가 치밀어 올랐다.

물론, 그들이 이렇게 된 근본적인 원인은 자신에게 있었지만, 지금은 그런 사소한 것을 따질 때가 아니다.

'빨리 가이아 시스템을 원상태로 복구해야 해.'

강우는 초조하게 입술을 깨물었다.

머릿속이 뒤죽박죽될 정도로 고민을 이어가던 그는 이내 깊게 숨을 들이쉬며 베니고어를 향해 고개를 돌렸다.

그녀가 이곳에 온 목적은 가디언즈의 에이스라 할 수 있는 빛의 용사에게 힘을 전해주기 위해.

'일단, 그래도 줬으니 받아야지.'

세계가 파탄 날 지경까지 상황을 악화시킨 무능한 신들에 대해서는 분노가 치밀어 오르나 그들이 준비한 선물을 거절할 수는 없는 노릇. 궁여지책이긴 하나 뭐라도 챙겨줬으니 일단 받을 건 받아야 했다.

"음. 네가 빛의 용사, 란 말이지."

베니고어는 그를 품평이라도 하듯 날카로운 눈빛으로 살폈다. 그를 신뢰해도 좋을지 아닐지 고민하는 모양.

"……뭔가 이기영 같은 얼굴인데."

강우에게서 느껴지는 알 수 없는 불쾌함. 그녀에게 트라우마를 선사했던 인간과 어딘가 비슷한 감각이 느껴졌다.

'뭐야, 여기까지 와서 힘을 안 주려는 거야?'

강우는 표정을 구겼다. 이기영이 누군지는 모르겠지만 그를 신뢰하지 못하겠다는 느낌이 그녀에게서 풀풀 피어오르고 있었다. 내심 어떤 힘을 줄까 기대한 그에게는 맥 빠지는 상황.

"베니고어 여신님."

그때, 김시훈이 앞으로 나섰다.

"형님이 이 세계를 지킬 수 있도록 도와주십쇼."

망설임 없이 한쪽 무릎을 꿇은 김시훈이 뜨거운 목소리로 말을 이었다. 참혹했던 과거와, 그 영원히 헤어 나올 수 없다고 생각한 늪에서 강우가 그를 구원해 줬던 일에 대해서.

"형님은… 제가 가장 존경하고, 신뢰하고 있는 분입니다."

'어이구. 잘한다, 내 새끼!! 이 형이 너 사랑하는 거 알지?'

"흐응."

베니고어는 진심 어린 김시훈의 말에 눈을 빛내며 강우와 김시훈의 얼굴을 번갈아 보았다.

"저, 저도 마찬가지예요!"

한설아가 뒤를 이었다.

"저도… 강우 씨가 없었다면 이런 행복을 알지 못했을 거예요."

그녀는 새빨갛게 물든 얼굴로 강우의 팔을 살며시 붙잡았다.

"강우 씨는… 제 소, 소중한 사람이에요."

'크으, 임자아아아아아아!!!'

강우는 눈물이라도 쏟을 것 같은 표정으로 주먹을 쥐었다.

"시훈 형씨와 형수님 말이 맞소! 이 강태수가 강우 형님에 대해서는 빠삭하게 알고 있다니까!"

'태수야… 하도 비중이 없어서 잊어버리고 있었는데, 이럴 때 해주는구나.'

공기가 되어 사라진 줄 알았던 강태수의 서포트. 그의 힘찬 목소리에 베니고어는 헛웃음을 흘렸다.

"혹시 덕구니?"

"응? 무슨 소리요?"

"아, 미안해. 내가 담당하는 세계에도 너랑 비슷한 인간이 있어서."

베니고어는 고개를 돌렸다.

김시훈, 한설아, 강태수에 이어 에키드나가 그녀에게 걸어갔다.

"강우, 아주 좋은 사람."

베니고어의 옷깃을 잡고, 초롱초롱한 눈빛으로 그녀를 올려다보았다.

"헉."

베니고어는 숨을 들이켰다. 아무리 신이라 해도 미적 감각은 인간과 크게 다르지 않았다. 조심스럽게 그녀를 올려다보는 에키드나는 무심코 껴안아 버리고 싶을 정도의 귀여움을 자랑했다.

'에키드나야, 어디서 그런 요오오오망한 기술을……'

에키드나가 의도적으로 귀여움을 어필하고 있다는 것이 전해졌다. 강우는 모르는 사이 성장(?)해 버린 그녀의 모습에 몸을 떨었다.

에키드나까지 나서니 사람들의 시선이 자연스럽게 차연주에게 쏠렸다.

"……뭐야, 나도 한마디 해야 하는 거야?"

그 모습을 팔짱 낀 채 지켜보고 있던 차연주는 자신에게 향하는 시선을 느꼈다. 흐름상 뭐라도 말해야 할 것 같은 분위기.

그녀는 짜증스러운 눈빛으로 강우를 슬쩍 바라보았다.

"난 솔직히 별로야. 제멋대로에, 독단적이고, 다른 사람 마음은 쥐똥만큼도 알아주지 않는 만년 동정 새끼가 뭐가 좋다는 건지."

노기가 서린 목소리로 폭언을 쏟아내더니.

"뭐……."

이내 흥, 하고 콧방귀를 끼었다.

"그래도 믿을 만한 놈이야."

차연주가 고개를 돌렸다.

시선을 돌린 그녀의 뺨이 붉게 물들어 있는 것이 보였다.

'넌 어디 만화에서 튀어나온 거냐.'

그림으로 그린 것 같은 그녀의 대사에 헛웃음이 흘러나왔다.

"하하하하하!"

베니고어는 배를 잡은 채 웃음을 터뜨렸다. 여신이라고는 생각하기 힘든 호탕한 웃음소리.

베니고어는 고개를 끄덕였다.

"이 정도로 주변 사람들에게 신뢰를 주고 있다면 믿을 수 있 겠네."

그녀는 강우에게 다가왔다.

"네게 내 힘을 줄게."

'그렇지이이이이!!'

강우는 불끈 움켜쥐었다. 의도한 것은 아니지만 다른 사람 들의 도움으로 어렵지 않게 그녀의 신뢰를 얻어냈다.

'이게 다 이제까지의 인덕이지 인덕! 아암! 그렇고말고!!!'

당장 춤이라도 추고 싶은 심정. 그는 승천하려는 광대를 필 사적으로 억눌렀다.

'여기서는 최대한 세계를 지키려고 발버둥 치는 용사의 표정 으로.'

신의 선물을 받는다고 해서 좋아하는 것을 티 내서는 안 된 다. 감정을 절제하며, 이 힘을 통해 세계를 지켜내고야 말겠다 는 의지를 보여줘야 했다.

"아, 물론 나도 시스템의 제약에서 완전히 벗어난 건 아니야. 신의 힘이라고 거창하게 말해도 기대한 것과는 다를 거야."

'그래도 주시는 게 으디입니까아!'

아무리 적다 해도 받는 게 무조건 이득인 상황. 크리스마스에 진짜 산타가 날아와서 선물을 주는 격인데 거절할 이유가 없었다.

"어떤 힘을 주시는지는 중요치 않습니다."

강우는 훅 앞으로 나갔다. 베니고어의 손을 잡고, 그녀를 살짝 끌어당겼다.

"엇……."

"베니고어 님이 저희를 그만큼 신경 써주시고, 보살펴 주시고 있다는 사실 자체가 중요합니다."

진지한 표정. 진심 어린 목소리.

"아시다시피, 저희 세계의 상황은 좋지 않습니다. 솔직히 어떻게 아직까지 멸망하지 않았나 의아할 정도죠."

세계를 담당하는 신이 예언의 악마, 사탄의 침입에 반쯤 죽은 상태가 되어 쓰러졌다. 설상가상으로 가이아의 측근들은 인간계에 도움을 줄 수 없는 상태.

"베니고어 님도 담당하시는 세계가 있으실 겁니다. 지켜야 할 것이 있으실 겁니다. 지나가듯 말씀하셨지만, 인간에게 속아 고생하셨던 경험이 있다는 것도 알겠습니다. 다른 세계에 힘을 빌려주시는 것이 얼마나 부담스러운 일인지 이해하고 있습니다."

"그건……."

"잊지 않겠습니다."

강우는 베니고어의 손을 굳게 움켜쥐었다. 따듯한 온기가 전해졌다.

그는 입술을 깨물며, 당장에라도 눈물을 쏟을 듯 울먹였다. 목소리는 살짝 잠긴 듯이. 하지만 흔들리지 않는 눈빛으로 그녀의 두 눈을 응시했다.

"이 은혜를, 절대 잊지 않겠습니다."

빛의 용사 오강우의 정의가 폭발하고 있었다.

베니고어의 몸이 가늘게 떨렸다.

"······역시."

베니고어는 입가에 미소를 지었다.

"넌 다른 것 같네."

그녀는 강우의 어깨에 상냥히 손을 올렸다.

[베니고어의 축복을 받았습니다.]

[마기 스탯을 제외한 모든 스탯이 10 상승합니다.]

[마기 스탯의 격이 너무 높아 절대치로 오르는 스탯의 수치가 감소하였습니다.]

[마기 스탯이 3 상승합니다.]

'욜로!!'

몸 안에 활기가 돌았다.

"감사, 합니다."

강우는 감격에 찬 목소리로, 참기 힘들다는 듯 고개를 숙였다.

베니고어는 그를 내려다보며 방긋 미소를 지었다. 그의 진심 어린 눈빛이, 잠겨 있는 목소리가, 뺨을 타고 흐르는 눈물이 증명하고 있었다. 이 인간은, 그 누구보다 순수하며 아름다운 영혼을 가지고 있다고.

"너라면, 믿을 수 있을 것 같아."

눈부신 광휘가 퍼져 나갔다.

'그러엄, 나만큼 믿을 만한 사람이 어디 있다고!'

우헤헹헤헤헹.

◆ 7장 ◆

영웅은 절망에서 피어난다

"그럼 난 이만 가볼게. 더 이상… 이 세계에 있을 수는 없을 것 같거든."

베니고어가 희미한 미소를 지으며 말했다.

그녀의 몸이 점차 투명해져 갔다.

"조심해."

끝이 얼마 남지 않았음을 직감한 베니고어는 사라지기 전, 강우를 바라보며 입을 열었다.

무엇을 조심하라는 것일까. 의문이 생기기도 전에 그녀의 말이 이어졌다.

"이대로 가이아의 상태가 악화되면… 이 세계에 바깥의 신이 찾아올 거야."

"……."

"나야 가이아에게 진 빚이 있으니 너희를 도와줬지만, 그들에게 그런 기대는 하지 않는 게 좋아."

예상하고 있던 사실. 강우는 고개를 끄덕였다.

"명심하겠습니다."

사실 안다고 해서 달라지는 것은 없다. 애초에 근본적인 해결 방법 자체가 없다. 아니, 있긴 하지만 선택할 수가 없다. 모든 문제의 시발점이 된 예언의 악마의 정체가 바로 자신이었으니까.

'세계를 구하자고 내 목을 잘라 바칠 수는 없지.'

세상에는 많은 사람이 있다. 그중에는 다수의 사람을 위해 기꺼이 자신의 목숨을 희생하는 영웅들도 있을 것이다.

'하지만.'

적어도 그는 그런 인간이 아니다. 영문도 모른 채 지옥으로 떨어졌을 때도 살아남기 위해 발버둥 쳤다. 악착같이, 처절하고, 비참하게.

그런데 여기까지 와서 세계를 지키기 위해 희생하라고?

'개소리죠.'

무슨 수를 써서라도 살아남을 것이다.

간단한 문제였다. 그의 존재로 인해 바깥 차원의 존재들이 넘어오는 것이 문제라면, 모조리 죽여 버리면 된다. 감히 올 엄두도 낼 수 없도록.

"그럼… 이 세계를 잘 부탁해. 다시 만날 일이 있을지는 모르겠지만, 좋은 결과가 있길 기도할게."

베니고어의 몸이 투명해지더니 이내 완전히 사라졌다.

강우는 피식 웃었다. 신이 기도라니, 뭔가 아이러니한 말이었다.

'우리가 알고 있는 신의 개념과 진짜 신은 다르다는 거겠지.'

전지전능한 유일신의 통치하에 우주의 섭리가 확립된 것이 아니란 의미. 여러 신이 존재했고, 그들 사이에 분쟁이 있으며 계급이 존재했다. 개성이 있고 특성이 있다.

'그들은 완전하지 않다.'

그렇다면 싸울 수도, 죽일 수도 있다. 아니.

'먹어치울 수도 있지.'

강우는 웃었다.

손을 내려다보았다. 눈을 살며시 감은 채 이계의 신이 그에게 선물해 준 힘을 느꼈다.

'나쁘지 않아.'

사실 신의 힘이라고 기대했던 것에는 미치지 못했다. 마기 스탯이 워낙 높은 탓에 스탯 상승의 효과를 제대로 받지 못하기도 했다.

하지만 어차피 거저 준 선물. 이 힘을 얻기 위해 들인 노력이 0에 가까우니 불평을 말할 처지가 아니다.

'사실 이 정도만 돼도 차고 넘치는 선물이지.'

마몬을 잡아 얻은 마기 스탯이 5에 불과했다. 스탯이 높아지면 높아질수록 올리기 어렵다는 것을 고려하면 다른 대공을 먹는다고 해도 5가 오를 거라고 확신할 수 없다..

'다른 스탯도 무의미하지는 않고.'

절대치로 10이 상승한 것은 전설 등급 장비를 덕지덕지 바른 것과 다름없다.

강우는 만족스러운 미소를 지으며 몸을 돌렸다. 그러자 빛에 휩싸인 그를 바라보는 시선이 느껴졌다.

"고맙다, 애들아."

베니고어가 이렇게 선뜻 힘을 건네준 이유는 김시훈을 비롯한 동료들의 도움이 컸다.

'역시 사람이 평소에 착실하게 살아야 해.'

그 누구 하나 거짓으로 베니고어에게 호소하지 않았다. 신이라고 모든 거짓을 간파할 수 있는 능력이 있는 것처럼 보이지는 않았지만 어설픈 거짓 호소였다면 눈치를 챘을 것이 틀림없다. 그럼에도 그녀가 의심하지 않은 이유는 여기 있는 모두가 진심으로 강우를 신뢰하는 것이 느껴졌기 때문.

'솔직히 좀 감동이긴 하네.'

눈시울을 붉힐 정도는 아니었지만, 가슴에 따뜻한 온기 정도는 감돌았다.

그가 지구에 온 시간은 짧다. 기껏해야 이제 1년이 좀 넘었다. 하지만 그사이 쌓아온 관계는 지옥과는 비교할 수 없는 수준. 지옥에서도 그를 맹목적으로 신뢰하는 부하들은 몇 있었지만, 그들과 감정적으로 교류하는 것에는 한계가 있었다.

"아뇨. 분명 저희가 나서지 않았어도 형님이 지닌 본성을 알아차리셨을 겁니다."

'알아차리면 안 되는데.'

"여신님도 강우 씨가 얼마나 따듯한 사람인지 깨달으셨을 거예요."

'모르는 것 같던데.'

"이대로 예언의 악마를 처치하는 데 힘을 보태주셨으면 했지만……."

'제수씨, 그러면 나 망해.'

"하하! 이게 다 형님의 인덕 아니겠소?"

'그러엄, 내가 얼마나 피똥 싸면서 노력했는데.'

한마디씩 건네는 동료들. 영화에서 나올 법한 훈훈한 장면이었지만 강우의 가슴에는 조금씩 양심의 가책이 쌓여갔다.

'여기서 원래 엔딩 크레딧 올라가야 하는 거 아닙니까.'

그랬다면 얼마나 깔끔했었을까.

강우는 한숨을 내쉬며 몸을 돌렸다.

"일단 저는 잠시 자리를 비우겠습니다."

"강우, 어디가?"

"이왕 힘을 받은 거, 한번 시험해 보러 가려고."

"나도 같이 갈래."

에키드나가 그의 옷소매를 잡았다. 강우는 고개를 끄덕이며 그녀의 손을 붙잡았다.

"……."

김시훈이 그의 뒷모습을 빤히 바라보는 것이 느껴졌다. 그는 갑자기 어두워진 표정으로, 자신의 손을 내려다보았다.

'아이고, 시훈아.'

그가 왜 그런 표정을 짓는지 추측하는 것은 어렵지 않다.

'마음고생이 심하구나.'

검을 쥐지 못하는 검사. 그가 느끼고 있을 무기력증은 상상하기 어려웠다. 그런데 그의 눈앞에서 존경하는 형님이 신의 힘을 받아버리다니.

'점점 더 거리가 멀어진다고 생각하겠지.'

부정할 수 없는 사실이기도 했다. 강우는 그가 생각했던 것 이상으로 빠르게 강해지고 있었다. 과거의 모든 힘을 되찾는, 아니, 그를 넘어선 경지까지도 멀지 않았다. 김시훈이 아무리 재능이 뛰어나다고 하나 결국 상대적인 문제. 그가 느끼고 있을 박탈감은 심각한 수준에 도달했을 것이다.

'손을 좀 써야겠어.'

가만히 보고 있을 수는 없다.

김시훈이 여기서 무너질 거라고 생각하지는 않았지만, 적어도 그의 등 뒤를 밀어주는 일 정도는 해야 할 상황.

"가자."

에키드나와 함께 몸을 돌렸다.

지금 당장 할 수 있는 일은 아니었다.

'조금 더 시간이 지난 후에.'

김시훈이 더욱 처절하고, 비참해졌을 때. 손을 쓸 수 없을 정도로 망가지고, 망가진 몸을 삐걱거리며 발버둥 칠 때.

'그때를 노린다.'

-허억, 허억.

발록이 가슴을 움켜쥔 채, 거친 숨을 몰아 내쉬었다. 주변 대지가 불길에 녹아 눌어붙었다. 메케한 연기와 함께 강렬한 열기가 주변을 휩쓸었다.

발록은 바닥에 쓰러져, 전율에 몸을 떨었다.

-흐, 흐흐흐.

그는 경외의 시선을 강우에게 향했다. 샛노랗게 타오르는 화염을 장막처럼 두르고 있는 강우의 모습이 보였다.

-역시 마왕님이십니다.

"음……."

발록의 찬사에도 강우는 침음을 흘렸다. 그는 손바닥 위에서 피어오르는 샛노란 화염을 응시했다.

'기대 이하인데.'

불길의 권능이 기대 이하인 것은 아니었다. 그가 실망한 것은 자기 자신.

'이렇게 다루기 힘든 권능이었을 줄이야.'

대공의 권능을 써본 경험은 없었다.

그는 천재가 아니었다. 보는 것만으로 검로를 외우고, 완벽하게 펼치는 김시훈과 같은 능력은 없었다. 666가지의 권능을 사용할 수 있다고 하나 그중에 익숙한 권능을 가장 자주 사용하는 이유가 있었다.

-음? 무슨 불편하신 점이라도 있으십니까?

"별로 마음에 안 들어서. 설마 마몬의 권능이 이렇게 다루기 힘들 줄은 몰랐거든."

-하지만 지금 전투로 보면…….

"너, 전력을 다한 건 아니지?"

-…….

정곡을 찌르는 말에 발록은 한숨을 내쉬며 고개를 끄덕였다.

"솔직하게 말해봐. 어땠어?"

-평소 마왕님보다 오히려 더 약한 느낌이었습니다. 물론, 마기 자체는 거의 예전과 흡사할 정도로 짙어졌지만…….

"어설프다, 이거지."

-예.

발록이 말을 이었다.

-저도 부상이 완벽히 나은 것이 아니라 확답을 드릴 수는 없지만, 확실히 마몬보다는 어설픈 느낌이었습니다.

"그렇군."

고개를 끄덕였다.

아쉬울 이유는 없었다. 마몬은 불길의 권능을 수만 년의 세월 동안 다뤄왔다. 그보다 권능을 잘 다룰 수 없는 것은 당연했다.

"한동안 연습에 어울려 줘야겠어."

이제까지 그에게 수련이라는 것은 큰 의미를 갖지 못했다. 반복적인 연습으로 나아질 경지가 아니었기 때문. 하지만 상황이 변했다. 마몬처럼은 아니라도 전투에 써먹을 수 있을 정도로는 불길의 권능을 다뤄야 했다.

-왕이 명하신다면, 그 어떤 명령이라도 따르겠습니다.

발록이 씨익 웃었다.

"그보다 상처는 좀 어때?"

-많이 좋아졌습니다. 앞으로 며칠만 있으면 자연스럽게 나을 겁니다.

강우는 엄지손가락을 깨물었다. 그러자 살점이 뜯겨 나가며 검은 피가 흘렀다.

"마셔둬."

ㅡ……재생의 권능까지는 필요 없습니다. 어차피 자연스럽게…….

"헛소리하지 말고. 격하게 움직일 때 아파하는 게 훤히 보이더만."

ㅡ…….

발록은 입을 다물었다. 그러고는 울먹이듯 크흥, 하고 콧바람을 끼더니 이내 강우를 거칠게 끌어안았다.

ㅡ마왕니이이이이이임!!!!

"크헉! 꺼, 꺼져 이 자식아!!"

전신이 근육질로 뒤덮인 5미터의 거인이 그를 껴안았다. 힘이야 강우도 만만치 않으니 괜찮다 치더라도 냄새는 어떻게 막을 수가 없다. 우람한 근육에서 뿜어져 나오는 끔찍한 냄새가 그를 덮쳤다.

ㅡ하하하하하!! 역시 마왕님을 모시게 된 건 제 평생의 영광입니다!

"발록, 치사해. 나도 같이할래."

조용히 지켜보던 에키드나까지 껴들었다.

'이게 천국과 지옥인가.'

양쪽에서 전해지는 감촉의 차를 느끼며 강우는 눈을 감았다.

땡그랑!

"하악! 하악!"

손에서 빠져나간 검이 바닥을 굴렀다.

거친 숨이 토해낸 김시훈은 주저앉았다. 그의 뺨을 타고 눈물이 흘러내렸다.

'너를……'

목소리. 지긋지긋한 목소리가 들리는 것 같았다.

구역질이 치밀었다. 입을 움켜쥐었다. 붉은 악마 가면이 그를 바라보며 낄낄 웃고 있었다.

"아으, 으."

신음이 흘렀다.

다시 검을 잡기 위해 수면조차 잊은 채 수련에 몰두한 지 3개월. 아무것도 변하지 않았다. 조금도 나아지지 않았다. 그는 여전히, 검을 쥐지 못한다.

"으아아아아아아!!!"

김시훈은 절규했다. 주먹을 내려치며 머리를 찧었다.

어렴풋이 보이는 강우의 등. 그것이 점점 멀어지고 있었다. 더 이상 보이지 않는다. 어둠이다.

"아아아아아아!!!"

쿵. 쿵.

머리를 쥐며 소리쳤다. 입술이 피가 나도록 깨물며 검을 움켜쥐었다.

땡그랑.

손에서 빠져나간 검이 바닥에 튕겼다.

"슬슬, 준비가 됐구만."

수련실의 벽 너머, 울부짖는 김시훈을 지켜보던 강우가 눈을 빛냈다.

'각성의 때다.'

절망 속에서 피어나는 것이 영웅이라면.

"절망을 만들어주면 되지."

강우는 웃었다.

'그럼 어떻게 해야 할까.'

수련실 안을 응시하며, 울부짖고 있는 김시훈을 바라보며 느긋이 의자에 앉았다.

3개월. 100일에 가까운 시간이 지났다.

'그렇게 긴 시간은 아니지.'

짧은 시간이라고 할 수도 없었지만, 그렇다고 결코 긴 시간 또한 아니었다.

루시퍼의 세력과 악마교의 전투만 하더라도 지난 3개월간 엄청난 진전이 있지는 않았다. 그들은 계속해서 싸웠지만, 본격적으로 서로의 목덜미를 물어뜯지 않았다.

'하지만.'

적어도 김시훈에게 있어서 이 100일은 영원처럼 느껴졌을 것이 분명했다.

강우는 깊게 가라앉은 눈빛으로 김시훈을 살폈다. 눈물을 흘리며 어떻게든 검을 손에 쥐기 위해 발버둥 치는 모습. 처절한 것을 넘어 비참하게까지 보이는 광경.

'이제까지 저 정도로 막혔던 경험은 없었을 테니까.'

플레이어로 각성하고 난 이후 김시훈이 이 정도로 추락한 것은 처음. 그는 그 누구와도 비교하기 힘든 천재적인 오성으로 빠른 성장을 이룩했다. 천골(天骨). 무공 쪽으로는 잘 모르지만 천무진의 말에 따르면 하늘이 내려줬다고 표현해도 과언이 아닌 재능이라고 했다.

실제로 김시훈은 '인간' 기준으로는 말이 되지 않는 속도로 강해졌다. 모든 플레이어가 겪는다는 '노력의 끝'조차 그에게는 없었다.

비교 대상이 강우다 보니 상대적으로 자신이 아무것도 아니라고 생각할 수 있겠지만 일단 성장 자체가 막힌 경험은 전무했다. 아니, 지금은 성장이 막힌 게 문제가 아니었다.

'밑바닥으로 추락했지.'

검을 쥐지 못하는 검사. 김시훈이 지닌 아이덴티티의 근간이 무너지고 있었다. 비유하자면 지금 그는. 쓰레기다.

"씨바아아아알!!"

거친 욕설이 들렸다.

강우이 표정이 굳었다. 예상했다고 하나 김시훈이 바닥까지 추락하는 모습을 보는 것은 편치 않았다.

그는 자리에서 일어서서 몸을 돌렸다.

'슬슬 준비해야지.'

그 혼자서 할 수 없는 일이다. 아니, 정확히 말해서 이번 계획에 그가 낄 자리는 없었다.

강우는 발걸음을 옮겼다.

가장 먼저 찾아간 것은 발록. 그 자리엔 빨래하다 불려 나온 발자하크와 리리스까지 있었다.

-크크크. 무슨 일로 이 몸, 죽음의 군주 발자하크를 찾으셨습니까.

"……제발 그 에이프런 좀 벗으라니까."

로브 안에 입은 핑크빛 에이프런을 보며 한숨을 내쉬었다.

"너희를 부른 이유는……."

세 부하를 향해 말을 이었다.

그의 말이 이어질수록 발자하크는 노란 안광을 빛냈고, 리리스는 기대된다는 듯 웃었다. 그리고 발록의 표정은 불쾌한 듯 일그러져 있었다.

-그 인간이 그렇게까지 해야 할 가치가 있는 인간입니까?

이해할 수 없다는 표정.

강우는 망설임 없이 고개를 끄덕였다.

"충분히."

김시훈의 성장 퍼텐셜은 발록 이상이다. 근거 없는 추측이 아니다. 김시훈의 상태창만 보더라도 그 사실은 어렵지 않게 짐작할 수 있었다.

'SSS급 특성.'

김시훈이 처음 각성한 특성의 등급. 그리고, 지금까지 8차 각성을 한 강우조차 한 번도 얻지 못했던 등급의 특성이다.

'대공 학살자도 SS급이었어.'

대공의 힘을 다룰 수 있다는 사기적인 특성조차 SS급에 불과했다. 김시훈이 SSS급 특성의 모든 힘을 사용할 수 있게 된다면 발록을 넘어 대공급이 될 가능성도 충분하다.

'아니, 그 이상이 될 수도.'

세계의 축복을 한 몸에 받고 있는 듯한 인간이다. 그 이상의 경지도 노릴 수 있다는 생각이 들었다.

─……왕께서 그리 말씀하신다면, 따르겠습니다.

발록은 석연치 않은 표정으로 고개를 숙였다.

강우는 웃으며 그의 어깨를 두드렸다.

"너도 시훈이랑 같이 지내다 보면 자연스럽게 알 수 있을 거다."

─끄응. 그래도 왕이 아닌 다른 자의 이득을 위해 움직이는 것이 마음에 들지 않습니다.

"나를 위한 일이야."

단호하게 말했다. 김시훈을 동정하는 것이 아니다. 그와 쌓은 정 때문도 아니다.

'필요해.'

모든 것을 혼자 할 수는 없다. 그는 신이 아니다. 전능하지 않다. 아니, 설사 신조차도 전능하지 않다. 가이아를 통해 그 사실을 알았다. 이번 전투만 하더라도 발록과 리리스, 에키드나가 없었다면 화산이 폭발하는 것을 막을 수 없었다.

화산이 폭발했다면 그 결과를 상상하는 것은 어렵지 않다. 가디언즈는 몰살당하고, 어렵게 하나로 모인 세계는 찢겨 나갔을 것이다.

"만약 내가 시훈이를 동생처럼 생각하지 않았어도 이번 일은 똑같이 진행했을 거야."

움직일 수 있는 말은, 적을 상대하기 위한 카드는 많을수록 좋았다. 그중에서도 김시훈은 굉장히 강력한 카드였다.

"잘해줄 수 있겠지?"

나지막한 질문.

발록과 리리스, 발자하크는 그의 앞에 무릎을 꿇고 고개를 깊게 숙였다.

-모든 것은 마왕의 뜻대로.

강우는 고개를 끄덕인 후, 몸을 돌렸다.

이 셋을 계획에 동참시키는 것은 어렵지 않았다. 리리스가 전체적인 계획을 조율할 테니 퀄리티도 의심할 필요 없다.

'문제는.'

그가 가늘게 눈을 떴다.

이 셋만으로는 부족하다. 주연이 있고 악역이 있는데 히로인이 없다. 가슴을 태우고, 처절한 절망의 구렁텅이로 짓눌러 버릴 결정적인 스파이스가 부족하다.

자신이 나서는 건 무리다. 그는 다른 누구의 도움을 받기에 이미 너무 강하기에 김시훈을 자극할 수 없다.

'그렇다면.'

적합한 인물을 하나뿐이다.

강우는 투명한 수정구슬을 던졌다. 그러자 수호의 전당으로 향하는 게이트가 열렸다.

🌀

"예……?"

옅은 갈색 머리칼. 병적으로 새하얀 피부. 잘못 만지면 부러지는 게 아닐까 걱정스러울 정도로 가녀린 몸. 미친 듯이 보호 욕구를 자극하는 여인은 가늘게 몸을 떨었다.

"그게 무슨 소리세요?"

"시훈이를 위한 일입니다."

"하, 하지만 아무리 그렇다고 해도!"

가이아가 휠체어를 박차고 일어났다. 그녀의 몸이 중심을 잃고 쓰러졌다. 강우는 손을 뻗어 그녀를 잡아준 후, 조심스럽게 휠체어에 앉혔다.

"어떻게 제가 김시훈 수호자님에게 그런 일을……."

가이아는 고개를 숙였다.

강우가 낮은 목소리로 그녀에게 말했다.

"지금 시훈이가 어떤 상태인지 알고 계시지 않습니까."

"……."

"저대로 시훈이가 좌절 속에서 무너지는 걸 보고 계실 생각입니까?"

"아, 아뇨! 그럴 리가 없잖아요!"

다급한 외침. 그녀는 이해가 가지 않는다는 목소리로 말을 이었다.

"하지만 아무리 그렇다고 해도 그런 방법은……."

"지금 시훈이의 문제는 신체적인 문제가 아닙니다. 사실 두 팔의 신경은 오래전에 완전히 회복됐지요."

"……."

"아시지 않습니까? 지금 시훈이가 검을 쥐지 못하는 이유는 다분히 심리적인 문제입니다."

가이아가 어렵게 고개를 끄덕였다.

사실 그녀도 알고 있었다. 강우는 치료에 있어서 기적이라고 불러도 과언이 아닌 능력을 지니고 있었다. 하지만 그럼에도 김시훈은 검을 쥐지 못했다.

"시훈이 스스로 극복해야 합니다. 저희는 극복해야만 하는 상황을 만들어주는 거고요."

"하지만 그러다가 김시훈 수호자님이 무너지기라도 한다면……."

"무너지지 않습니다."

단호히 말했다.

소설로 치면 김시훈은 주인공이다. 굴복하지도, 굽히지도 않는다. 죽음을 초월한 의지가 말이 쉽지 그럴 수 있는 인간은 극소수에 불과하다.

"무너질 인간이 아닙니다."

"……."

가이아가 침묵했다.

잠시 후 그녀가 떨리는 목소리로 물었다.

"제가 잘할 수 있을까요?"

"적당히 비명만 질러주셔도 충분합니다."

사실 그녀에게 큰 기대를 하고 있지는 않다.

가이아를 계획에 끌어들인 이유는 그녀가 영웅 김시훈이 첫눈에 반한 여인이자 목숨을 걸고 지키겠다 맹세했기 때문. 딱 봐도 거짓말이 서툴러 보이는 가이아가 상황을 극적으로 만들지는 못하리라.

"……알겠, 습니다."

가이아는 무거운 표정으로 고개를 끄덕였다.

"제가 할 수 있는 최선을 다하겠습니다."

강우는 씨익 웃었다.

'이로써.'

배우의 캐스팅은 끝났다. 이제는 무대를 꾸밀 차례다.

'이런 것도 꽤 재밌네.'

뭔가 전지적 작가 시점에서 상황을 관조하는 기분이랄까. 묘한 쾌감이 등골을 울렸다.

'나중에도 몇 번 써먹어야겠어.'

강우는 싱글벙글 웃으며 몸을 돌렸다.

"갑자기 산책이라니… 무슨 일이십니까?"

한적한 숲. 골짜기를 따라 물길이 흐르고, 새들이 지저귀는 평화로운 숲길을 두 남녀가 지나고 있었다. 가이아와 김시훈이다.

"아, 아뇨. 그냥 김시훈 수호자님이 요즘 너무 힘들어 보이셔서……"

"……"

김시훈은 침묵했다.

그는 휠체어의 손잡이 위에 올려진 손을 내려다보았다. 손끝이 떨린다. 손잡이를 잡고 있는 것이 아닌, 위에 올려둔 채 밀고 있는 손. 정확히는, 그렇게밖에 할 수 없는 손. 가슴에 타들어 가는 듯한 통증이 느껴졌다.

그는 끊어질 듯이 희미한 목소리로, 어렵게 말을 이었다.

"괜찮, 습니다."

"……"

누가 들어도 괜찮지 않은 목소리. 가이아는 손을 뻗어 김시훈의 손을 잡았다.

"저도… 두 눈을 잃고, 다리가 움직이지 않았을 때, 많은 좌절을 겪었습니다."

"……"

"저 자신이 더 이상 가치 없는 쓰레기가 된 기분이었죠."

"그건……."

"김시훈 수호자님이 어떤 좌절감을 느끼고 계시는지 알고 있습니다. 하지만……."

가이아는 희미한 미소를 지으며 마주 잡은 김시훈의 손을 상냥하게 쓰다듬었다.

"부디, 자기 자신을 증오하지 말아주세요."

"가이아 씨……."

"후훗. 평소 다른 사람에게 의지하기만 하는 제가 이런 말을 하는 것도 우습지만……. 김시훈 수호자님이 더 이상 괴로워하시지 않으셨으면 해요."

침묵이 내려앉았다.

김시훈과 가이아. 둘 사이에 묘한 분위기가 싹트기 시작했다.

"가이아 씨는……."

김시훈이 무언가 말하려고 한 순간.

콰과과과과광!!!

"무, 무슨?"

거대한 폭발이 일어났다.

검은 마기가 사방에 휘몰아치며 수풀을 헤치고 거대한 존재가 걸어 나오기 시작했다.

-크크크크! 드디어 찾았군!

5미터에 달하는 거구. 전신이 기괴한 녹색 촉수로 뒤덮인, 끔찍한 생명체. 숨막힐 듯 뿜어져 나오는 마기.

"키에에에에엑!"

"크륵, 크륵."

촉수 괴물의 뒤를 이어 몬스터의 시체로 이루어진 끔찍한 망자(亡者)들이 쏟아져 나왔다.

"너, 너는……."

김시훈은 떨리는 목소리로 괴물을 바라보았다.

촉수로 전신이 뒤덮인 거구의 악마가 외쳤다.

-나는 사탄 님의 충직한 하수인, 요그사론이다!!

쿵!

그가 거칠게 발을 굴렀다. 촉수가 사방으로 뻗어 나갔다.

-죽음의 신 앞에 무릎을 꿇어라, 인간!!!

'오우, 야.'

김시훈과 가이아가 있는 장소에서 백여 미터 정도 떨어진 장소. 나무 위에 앉아 주시자의 권능을 통해 상황을 지켜보던 강우의 입가에 미소가 지어졌다.

'연출 지리는데?'

리리스가 직접 꾸며준 발록의 외모는 보는 것만으로 구역질이 치밀 정도로 끔찍했다. 발자하크가 만든 언데드 무리도 연출에 기막힌 효과를 더했다.

'캬! 좋다, 좋아!'

강우는 연극의 감독이라도 된 듯 흥미진진한 눈빛으로 그들을 바라보았다.

"꺄아아아아아악!!"

발록이 손을 뻗어 가이아를 낚아챘다.

'그렇지!'

악마의 손에 잡힌 가녀린 히로인. 그림으로 그린 듯한 구도.

'여기서 이제 가이아의 입을 막아버리면…….'

그녀의 어설픈 연기로 인해 계획이 들통날 일도 방지할 수 있다.

그때였다.

"시, 시훈 씨!!! 사, 살려주세요!! 시훈 씨이이이이!!"

'엥?'

"놔, 놔라!! 이 더럽고 추잡한 악마야!!"

'뭐야.'

영혼이 담긴 외침. 듣는 것만으로도 가슴이 저리는 처절한 비명.

'애, 뭐야.'

가이아의 절규가 이어졌다.

"나, 나를 어떻게 할 셈이냐!! 이, 이 끔찍한 악마들아!!"

'이게 무슨 일이야.'

"그, 그 더러운 욕망에 찬 눈! 네놈들 설마 내게……."

'애 연기 왜 이렇게 잘해.'

"이 더러운 악의 종자! 이, 이 촉수를 사용해서 내게 난폭한 짓을 할 생각이지? 에로 망가처럼!!"

'아니, 저기요.'

"에로 망가처럼!!!"

'두 번 말하지 마.'

강우는 차마 볼 수 없다는 듯, 두 손으로 얼굴을 덮었다. 가이아의 의외의 면모. 뒤통수에 풀니르라도 후려 맞은 기분이었다.

'제수씨, 나한테 왜 그래…….'

이거 전체 이용가라고.

"가, 가이아 씨!!!"

갑작스럽게 습격해 온 악마. 끔찍하게 돋아나 촉수에 사로잡힌 가이아. 처절한 그녀의 절규.

김시훈은 다급히 허리춤에 묶은 검으로 손을 뻗었다. 엘 쿠에로 블레이드가 녹아 사라진 후 가디언즈의 지원을 통해 얻은 유니크 등급의 검.

땡그랑.

"아."

검 자루가 손에서 떨어지고 짧은 침음과 함께 표정이 일그러졌다. 지금 이 순간에도. 이렇게 중요한 순간에도. 자신의 손은 검을 쥐는 것조차 못하고 있다

-크, 크흠!

전신이 끔찍한 녹색 촉수로 뒤덮인 악마, 요그사론은 가볍게 헛기침을 했다.

그는 붙잡은 가이아를 당황스러운 눈빛으로 바라보았다. 뭔가 이런 전개는 예상하지 못했다는 표정.

찔걱.

"아아아아아아!! 시, 시훈 씨!!"

"조, 조금만 기다려 주십쇼, 가이아 씨!!!"

가이아의 비명이 들렸다. 진심 어린 공포가 느껴지는 그 절규의 효과는 뛰어났다.

김시훈은 피가 나도록 검 자루를 쥐었다. 아주 살짝이지만, 검이 들렸다.

-크크크크! 무의미한 반항을 하려 하는구나!

요그사론은 흉포한 살기를 뿜어냈다. 숨 막히는 마기가 김시훈을 짓눌렀다.

-저 어리석은 인간을 죽여라!

"키에에에에엑!"

"크르르륵!"

손을 뻗었다. 그의 명령에 따라 언데드 무리가 김시훈을 노리고 달려들었다.

검을 휘둘렀다.

탁.

"크윽!"

언데드에게 닿자마자 허망하게 바닥으로 떨어지는 검. 쥐는 것도 고작인 마당에 검을 휘두르는 것이 가능할 리가 없었다.

그는 보법을 사용했다. 그러자 몸이 잔상을 남기며 뒤로 미끄러지듯 움직였다.

"키에에에에엑!"

발을 박찼다. 가볍게 몸이 떠오르며 뒤돌려 차기가 정확하게 언데드의 머리통을 후렸다.

퍼석.

내공이 담긴 발길질이 언데드의 머리를 터뜨렸다.

손을 쓸 수 없다고 하지만 발까지 사용하지 못하는 것은 아니었다. 무신의 무공에는 검법을 보조하기 위한 뛰어난 보법이 함께 있었고, 그 보법을 활용하면 어설픈 몬스터 정도는 어렵지 않게 처리하는 것이 가능했다. 하지만.

-응? 어째서 검을 쓰지 않는 거지? 그 검은 폼으로 가지고 다니는 건가?

"크윽."

결국 김시훈의 본질은 검사. 다른 무기라면 몰라도 손 자체를 사용하지 못하는 상태에서 평소 실력의 반의반도 제대로 발휘할 수 없는 것이 사실이었다.

'제길.'

김시훈은 다급히 땅을 구르며, 바닥에 떨어진 검을 향해 손을 뻗었다. 하지만 정신을 모두 집중해도 들 수 없었던 검을 격전 중에 쥐는 것이 가능할 리가 만무. 옆에서 휘둘러진 언데드의 발길질에 몸이 튕겨 나갔다.

"커헉!"

바닥을 구른 김시훈이 중심을 잡기 위해 손을 뻗었다. 하지만 힘이 전혀 들어가지 않는 손은 허망하게 튕겼다.

-생각했던 것과 다르군.

귓가에 들리는 악마의 목소리.

-힘을 숨기고 있는 건가, 인간?

"……."

굳게 입을 다물었다. 몸이 떨렸다. 머리가 뜨거워졌다.

힘을 숨기고 있다고? 그럴 리가 없었다.

고개를 돌리자, 비명을 지르다 지친 가이아의 모습이 보였다. 그녀의 몸은 약했다. 힘을 잘못 주면 부러지지 않을까 걱정될 정도로 가녀렸다. 그런 그녀를 눈앞에 두고, 그는 아무것도 할 수 없다.

-사탄 님에게 들은 것과는 다르군. 대공에 닿을 인간이라고 말씀하셨거늘…….

"사탄이, 널 보낸 거냐?"

-그렇다.

"왜… 지금."

왜 하필. 어째서 지금이란 말인가.

김시훈은 덜덜 떨리는 손을 내려다보며 물었다.

-절망이 부족하다 말씀하셨다.

"……."

-사탄 님이 네게 거는 기대는 크다.

"왜. 왜, 나야. 왜 나한테 그딴 개 같은 기대를 거는 거냐고."

-내가 묻고 싶은 말이다.

한심스럽다는 듯, 조롱 섞인 목소리로 요그사론이 말을 이었다.

-왜 그분께서 너 같은 쓰레기에게 관심을 가지고 계실까?

"……."

-검을 쥐어라, 인간. 너 자신을 증명해라.

"닥, 쳐."

-크크크.

녹색 촉수가 꿈틀거렸다.

-증명하지 못한다면, 죽어라. 검을 쥐지도 못하는 병신에게 그분이 기대를 품을 이유는 없다.

촤아아아악!

촉수가 다가왔다. 음속에 가까운 속도. 김시훈은 다급히 발을 박차 필사적으로 촉수를 피했으나, 스치고 말았다. 살이 찢어지며 피가 튀었다.

어깨를 노리고 촉수가 꺾였다. 반사적으로 검을 들어 올렸지만, 그의 손이 움켜쥔 것은 공허함뿐.

퍽.

"크으윽!!"

어깨가 뚫리고 강렬한 통증이 전신으로 퍼졌다.

몸을 굴렀다. 비참하고, 처절하게.

바닥을 굴러 공격을 피하자 공교롭게도 바닥을 구른 장소에 검이 놓여 있었다. 손에 쥘 수도 없는, 검이.

-검을 쥐어라, 인간.

악마가 말했다.

무심코 눈물이 쏟아질 것 같았다. 쥐고 싶다. 그 누구보다 간절하게, 그것을 바랐다.

손을 뻗었다.

땡그랑.

하지만, 손에서 검 자루가 빠져나갔다.

-쯧, 역시 쓰레기였군.

"시, 시훈 씨……."

가이아가 애처로운 목소리로 그를 불렀다. 하지만, 아무것도 할 수 있는 것은 없었다.

찔꺽.

"으읍!"

-눈앞에서 네 여자가 죽는 모습을 보면 검을 쥘 수 있겠나?

촉수가 가이아의 목을 휘감았다. 가이아는 목을 움켜쥔 채, 당장에라도 숨이 넘어갈 듯 처절하게 몸을 비틀었다.

"이 개자식이!!"

발을 박찼다. 전력을 다해 뛰었다. 보법 따위 펼칠 시간도 없었다. 영혼을 쥐어짜 내듯, 모든 내공을 쏟아부으며 요그사론에게 달려들었다.

요그사론은 귀찮다는 듯 손을 휘둘렀다.

퍼억!

"커헉!"

몸이 ㄱ자로 꺾여 튕겨 나갔다. 흙바닥에 피부가 쓸렸다. 말

끔히 갈아입은 옷이 걸레 조각처럼 찢어졌다. 그의 말이 맞았다. 검을 쥐지 못하는 검사는 쓰레기에 불과했다.

"읍……! 시, 시훈 씨!!"

촉수에 목이 졸리고 있는 가이아가 다급히 외쳤다.

"도, 도망치세요! 시훈 씨!!"

"가이아 씨……."

목이 졸려지고 있는 것치고는 굉장히 또렷한 발음이었지만 그런 것을 신경 쓸 여유는 없었다.

김시훈은 덜덜 떨리는 눈으로 요그사론을 올려다보았다. 분노가, 머릿속이 새하얗게 불탈 정도로 강렬한 분노가 퍼져 나갔다. 다시 한번 바닥에 떨어진 검을 향해 손을 뻗었다.

'제발.'

이번 한 번만. 지금 이 순간만큼이라도. 많은 것을 바라지 않았다. 이번을 마지막으로, 두 번 다시 검을 쥐지 못하게 된다 해도 괜찮았다.

'그러니까.'

지금 이 순간, 그녀를 지킬 수 있는 힘을.

"으, 아아."

검 자루를 쥔다. 떨리는 손가락 하나하나에 정신을 집중한다.

비 오듯 땀이 흘렀다. 몸이 검을 쥐는 것을 거부했다. 네게는 더 이상 검을 쥘 힘이 없어, 그렇게 속삭이는 듯했다.

무시했다.

"제, 발."

코피가 흘렀다. 입술을 지나 턱에 피가 맺혔다. 머리가 거부하는 것을, 억지로 실행에 옮긴다.

검을 들었다. 굳게 움켜쥐었다.

그리고.

땡그랑.

검이, 바닥에 떨어졌다.

"아, 아아."

"시훈 씨……."

가이아의 목소리가 들렸다. 고개를 들었다.

그녀가 자신을 바라보고 있었다. 희미한 미소를 입가에 지으며, 웃고 있었다.

"전 괜찮습니다. 시훈 씨. 걱정하지, 마세… 윽!"

-계집이 말이 많군.

요그사론이 표정을 일그러뜨렸다.

촉수가 꾸물거리며 가이아의 목을 조르자 그녀가 의식을 잃고 기절했다.

-헛.

진짜 기절할 줄 몰랐는지 요그사론의 입에서 순간 당황스러운 목소리가 흘렀지만 이내 다시 침착을 되찾았다.

천천히 고개를 돌린 그가 경멸 어린 눈빛으로 김시훈을 노려보았다.

-검을 쥐지 못했군.

"……."

-좌절할 것 없다, 인간.

덤덤히, 아무렇지 않다는 듯 말을 이었다.

-결국, 넌 그것뿐인 인간에 불과했다는 거니까.

"……."

결국, 넌 그것뿐인 인간이다. 아무것도 하지 못하고. 아무것도 이루지 못하는. 그저 그런. 그것뿐인. 거기까지인. 인간에 불과하다.

"닥, 쳐."

몸이 떨렸다. 그리고 머릿속을 울리는 목소리.

'너를 낳아서, 미안해.'

악몽 같은 목소리. 그의 인생을 잡아먹은 그 목소리. 트라우마. 머릿속에 새겨진 낙인. 너는 그것뿐이라고, 거기까지라고 말하는 목소리. 아니라고, 그렇지 않다고 부정하기 위해서 살아왔다. 하지만.

"닥쳐, 이 씨발 새끼야아아아아아!!!"

절규했다. 울부짖었다.

팔을 든 김시훈이 쥐어지지 않는 검을 손목으로 들어 올렸다. 그리고 발을 박차며, 악마에게 달려들었다. 하지만, 손목의 힘만으로 휘두르는 검. 그딴 것이 통할 리가 없었다. 그는 결국 튕겨 나가 바닥에 쓰러졌다.

가이아가 보였다. 지켜주겠다고, 미소 짓게 해주겠다 맹세했던 여인이 악마의 손에 붙잡혀 있었다.

"움직여……."

닿을 리 없는 말을, 울분을 쏟아냈다.

"제발 움직여 줘……."

감각이 희미했다. 힘을 주어도 떨리기만 할 뿐.

검을 쥘 수 없었다. 검을 쥐지 못하는 검사는. 아무것도 할 수 없었다.

"으, 아아."

애처로운 신음이 흘러나왔다. 뺨을 타고 투명한 눈물이 흘렀다. 갈증이 느껴졌다. 갈망이 몸에 퍼졌다.

'다 필요 없어.'

누구라도 좋았다. 뭐라도 상관없었다. 악마에게 영혼을 팔아도 좋을 것 같았다.

힘이 필요했다. 그녀를 지킬 힘이.

"아, 아아아아아아!!"

머릿속에 불이 튀었다. 시야가 점멸했다. 몸 안에 있던 무언
가가, 거대한 힘의 덩어리가 그의 몸 전체에 퍼져 나갔다.

"……"

강우는 눈살을 찌푸렸다.

처절하게 울부짖는 김시훈의 목소리가 들렸다. 밑바닥까지
추락한 그의 모습.

"보고 있기 힘드네."

그가 의도한 일이다. 계획하고, 실행한 일이다. 하지만 그럼
에도 처절하게 망가진 모습을 보는 것은 괴로웠다.

'그냥 좀 기다릴 것 그랬나.'

머릿속에 떠오른 생각에 고개를 저었다.

그냥 기다릴 수 없었다. 김시훈에게는 계기가 필요했다. 절
망 속에서 피어오르기 위해, 그 어떤 상황보다 절망적인 상황
이 필요했다.

인간은 간사한 동물이다. 아무리 최선을 다한다고 해도, 아
무리 절박하다고 해도. 눈앞에 그 상황이 닥치지 않으면 진심
으로 움직이지 않는다.

훈련소에 입소하기 전까지 입대한다는 실감을 하지 못하는
것과 같다. 절망이라는 것은 겪기 전에는 모른다.

'설사 그것이 의도된 거라고 해도.'

누군가 그의 뒤통수에 총구를 들이밀어 줄 필요가 있었다.

"아, 아아아아아아아!!!"

김시훈의 절규가 들렸다. 밑바닥까지 추락한 처절한 절규.

강우의 입가가 올라갔다.

"됐다."

응축된 절망이 화산처럼 폭발하는 소리가 들렸다. 그가 아는 김시훈이라면, 이 상황에서 각성하지 못할 리가 없었다.

'일어서라, 시훈아!'

흥미진진한 눈으로 그를 바라보았다.

쿠구구구구구궁!!

기대에 호응하듯, 거대한 힘의 덩어리가 김시훈의 몸에서 뿜어져 나오고 있었다.

'그래, 여기서 무신의 힘을……'

"다, 필요 없어!!"

김시훈이 울부짖었다. 그의 몸에서 어마어마한 '마기'가 뿜어져 나왔다.

"엥?"

"뭐든 상관없어! 마지막이라도 좋아!!"

'야야, 잠깐만. 뭐야, 왜 마기를 뿜어내고 지랄이야.'

"힘이, 필요하다!!"

'이런 씨발. 야, 미친 왜 그래 시훈아.'

김시훈의 몸 안에는 무신의 영혼이 잠들어 있다. 그리고 그것과는 별개로. 김시훈은 강우와 영혼이 이어져 있었다.

"그녀를 구할 수 있다면, 뭐든 하겠다!!"

김시훈의 이마에서 뿔이 돋아났다.

"아니."

등이 찢겨 나가며 박쥐의 날개가 펼쳐졌다.

"시바, 잠깐만."

김시훈의 눈자위가 검게 물들었다. 노란 눈동자에서 가로로 길게 찢어진 검은 동공이 나타났다.

"시훈아……."

강우는 두 손으로 머리를 움켜쥐었다. 김시훈의 몸이 변할수록 그의 마기가 둑이 터진 듯 빠른 속도로 빠져나갔다.

"타락하면 어떡해, 이 새끼야……."

"으, 아아아아!!"

김시훈은 머리를 움켜쥔 채, 몸을 비틀었다.

서서히 악마의 것으로 변하는 육체. 강렬한 충동이 끓어올랐다. 갈증이, 목을 태우는 갈증이 머릿속을 지배했다. 힘에 대한 갈망. 타오르는 욕망이 전신을 집어삼켰다.

'뭐지.'

이해할 수 없었다. 이제까지 느껴보지 못했던 힘이 전신에 가득했다. 파괴적이고, 흉포한 기운, 본능적으로 이것이 '내공'과는 다른 기운이라는 것을 자각했다.

"하아."

숨을 들이쉰다. 머리가 맑아졌다. 각성제를 맞은 듯 몸 안에 터질 듯한 활력이 돌았다.

손을 내려다보았다. 더 이상 손은 떨리지 않았다.

어째서 자신이 이런 모습으로 변했는지, 무엇이 그를 이렇게 바꿔 버렸는지 알 수 없었다. 하지만.

철컥.

검을 쥐었다. 짜릿한 전율이 퍼졌다. 지금 자신의 상태가 이상하다는 것은 자각하고 있었다. 잘못된 길로 빠져들었다는 것 또한 느끼고 있었다.

"필요 없어."

검을 쥘 수 있게 되었다. 악마에게 잡힌, 소중한 여인을 구할 수 있게 되었다. 두 번 다시 검을 쥐지 못해도 괜찮다고까지 생각했다. 몸이 악마의 것으로 변하는 것은 웃으며 넘어갈 수 있었다.

김시훈은 검을 쥔 채, 자세를 잡았다.

-어?

요그사론의 입에서 당황스러운 목소리가 흘러나왔다. 그는 점차 악마의 형상으로 변해가는 김시훈은 모습을 멍하니 바라보았다.

쿵!

김시훈이 발을 굴렀다. 무시무시한 마기와 함께 그의 몸이 질주했다. 손에 쥔 검에서 검은빛 검강이 뿜어져 나왔다. 몸을 비틀어, 검을 내려찍는다.

콰앙!

-크읏!

폭음이 울리고 요그사론의 몸이 뒤로 밀려났다.

경악에 찬 눈빛. 잠시 망설이던 요그사론은 기절해 있는 가이아를 조심스럽게 땅에 내려놓았다.

-뭐가 뭔지는 모르겠지만.

이대로 있는 것은 위험했다. 그가 '위험하다'고 느낄 정도로 눈앞의 인간은 위협적인 힘을 뿜어내고 있었다.

주먹을 쥐었다. 발을 구르며 손을 뻗었다. 그러자 녹색 촉수가 뻗어 나갔다.

촤악!

그러나 단 한 번의 검격으로 다섯 개의 촉수가 잘렸다.

김시훈은 몸을 비틀어 남은 촉수를 가볍게 피했다. 촉수가 땅에 틀어박혔다.

탁.

촉수 위에 가볍게 올라탄 그가 질주했다. 검은 빛살이 요그사론이 몸을 갈랐다.

-크윽!

다급히 몸을 뒤로 젖혔으나, 쇄골이 갈라지며 검은 피가 뿜어져 나왔다. 요그사론의 표정이 일그러졌다.

그의 몸에서 거친 투기가 뿜어져 나왔다. 전신을 뒤덮은 촉수가 거추장스럽다는 듯, 그는 팔에 달라붙은 촉수를 뜯어냈다. 노련한 무인처럼 날카롭게 눈이 빛났다.

콰앙! 쿵! 콰아앙!

검과 주먹이 격돌했다. 폭탄이 터진 듯 무시무시한 충격이 주변을 뒤흔들었다. 나무가 꺾였다. 바닥이 터져 나가며 흙이 흩날렸다.

요그사론의 입가가 비틀어 올라갔다. 식어 있던 몸이 뜨겁게 달아올랐다.

'나쁘지 않군.'

그에게 있어 전투는 삶이자, 존재 이유 그 자체였다. 전신을 노리며 휘둘러지는 강렬한 검격이 그를 흥분시켰다.

요그사론이 양 주먹에 마기를 둘렀다. 단단한 건틀릿을 쓴 듯 주먹에 맺힌 마기. 그가 발을 뒤로 당겨 몸을 낮추며 아래서 위로 주먹을 올려 쳤다. 하지만 검은 그 경로를 막아냈다.

하나, 검을 막아냈음에도 압도적인 힘의 차이는 김시훈의 몸을 튕겨냈다. 뒤로 튕겨 나가는 도중에 몸을 튼 시훈이 날개를 펼쳐 마치 허공을 밟듯 공중에서 발을 구르고, 곡예를 펼치듯 몸을 돌렸다. 허공에서 앞구르기를 하는 듯한 자세로 전신의 무게를 검에 집중한 후, 머리를 두 쪽으로 쪼개듯 검을 내려찍었다.

콰드드득!

요그사론은 팔을 들어 공격을 막았다. 마기로 이루어진 권갑을 쪼개며 검이 파고들었다. 손목이 반 가까이 잘리며 검은 피가 분수처럼 뿜어졌다.

요그사론은 몸을 뒤로 빼냈다. 반쯤 잘려 있던 손목이 눈 깜짝할 사이에 재생됐다.

-하.

웃음이 나왔다. 등골을 타고 흐르는 전율. 강자를 마주친 짐승의 본능이 그를 자극하고 흉포한 투기가 전신에 퍼졌다.

마기의 격류가 주변을 휩쓸었다. 손을 뻗어 몸을 뒤덮고 있는 거추장스러운 촉수를 마저 뜯어내려 했다.

[그만.]

그때 귓가에 목소리가 들렸다.

그는 손을 멈췄다. 차오르던 투기가 촛불처럼 꺼졌다.

[멋대로 행동하지 마라, 발록.]

귀에 착용한 통신기. 인간의 기술력으로 만든 물건에서 왕의 목소리가 들려왔다.

"제기랄."

강우는 초조한 표정으로 손톱을 깨물었다.

악마의 모습으로 변한 김시훈. 예상과는 한참 다른 방향으로 흘러가는 전개에 머리가 지끈거렸다.

'왜 이렇게 된 거야.'

사실 이유를 찾자면 어렵지 않았다. 다만, 눈앞의 현실을 부정하고 싶었다.

'너무 몰아붙인 건가.'

이제까지 김시훈의 각성 패턴을 본다면 이번에도 극한의 상황에서 각성할 거라 믿어 의심치 않았다.

하지만 그 정도가 과했기 때문일까. 김시훈은 무신의 힘이 아닌 강우의 마기를 받아들여 각성해 버렸다.

'최악인데.'

예상하지 못했던 변수.

종속의 권능으로 맺어져 있는 이상 김시훈 또한 마기의 영향을 받을 수 있다는 사실은 익히 알고 있었다. 하지만 김시훈은 에키드나, 발자하크와는 경우가 다르다. 그가 지닌 힘의 핵심은 마기가 아닌 내공이라는 힘이었다. 애초에 사용하는 힘이 다른데 저런 식으로 끌어올 수 있다는 것 자체가 불가능했다.

'젠장 이렇게 되면.'

김시훈은 과거 그가 종속의 권능으로 그를 사역마로 만들었단 사실을 모른다. 당연히 몰라야 하는 일이고, 앞으로도 밝혀져서는 안 되는 일이다.

하지만 이렇게 되면 의심의 싹이 트기 시작할 것이다. 애초에 '자신에게 있을 리 없는 마기'가 몸에 있다는 사실을 알게 되었으니까.

'일단 그 의심의 싹부터 제거한다.'

종속의 권능을 사용했다는 것이 들키면 끝이다. 애써 만들어놓은 김시훈과의 관계는 파국으로 치닫는다.

강우는 통신기를 들었다.

"발록, 앞으로 내가 하는 말들을 그대로 따라서 말해라. 딱딱하게 말해서는 안 돼. 감정선을 유지하면서 최대한 음흉하게 말해라."

통신기를 통해 명령을 들은 발록이 작게 고개를 끄덕이는 것이 보였다.

'의심을 싹을 지울 수 있는 가장 좋은 방법.'

즉흥적으로 떠올린 생각이지만 나름 괜찮은 방법이 있었다.

"크크크크, 예상대로군."

강우는 발록이 내뱉어야 할 대사를 말했다.

김시훈이 기절한 가이아를 안전한 곳으로 빼내느라 전투가 소강상태에 접어든 사이.

곧 발록이 폭소를 터뜨리며 알려준 대사를 읊었다.

'좋아.'

김시훈의 시선이 발록을 향하는 것이 보였다.

앞으로 내뱉어야 할 대사는 정해져 있다.

'치트 키 한 번 더 씁시다.'

강우의 꿀꺽 침을 삼키며 입을 열었다.

"사탄 님께서 심어놓은 '씨앗'이 제대로 개화한 모양이구나."

'믿습니다, 사탄니이이이이이임!!'

제발 이 개 같은 상황 좀 해결해 주세요!!!

-사탄 님께서 심어놓은 '씨앗'이 제대로 개화한 모양이구나.

"……뭐?"

사악한 미소를 지으며 이어진 요그사론의 말. 그 말은 분노에 휩싸여 있던 김시훈에게 충격을 주기 충분했다.

"씨앗, 이라고?"

가이아를 안전한 곳으로 빼냈기 때문일까, 살짝이지만 이성이 돌아온 김시훈은 자신의 몸을 내려다보았다.

검게 물든 피부. 등 뒤에 돋은 날개. 파충류를 연상시키는 기다란 꼬리와 이마에 돋아난 산양의 뿔. 어딜 보아도 '악마'의 모습을 하고 있는 자신의 몸.

"설마 이 모든 게……."

-그렇다. 그분이 인도한 일이지.

요그사론은 짙은 웃음을 흘렸다.

-사탄 님께서 왜 인간 따위에게 관심이 있다고 생각했나? 다네 안의 잠들어 있는 무신의 영혼을 알고 계셨기 때문이지.

"……."

-그분께서는 네게 타락의 씨앗을 심어두었다. 인간의 육신을 저버리고, 악마가 될 수 있도록 만드셨지.

"어, 째서?"

이해할 수 없었다. 예언의 악마, 사탄. 그자가 왜 자신을 타락시키고, 악마로 만들려 한단 말인가?

"아."

짧은 탄성이 흘러나왔다. 어지럽게 흩어진 퍼즐 조각이 맞춰진 감각. 김시훈은 몸을 떨었다.

몇 달 전 남미에서 있던 일들이 떠올랐다. 강우의 수하, 발록이 악마교가 만든 정체 모를 마법진에 의해 조종당하는 것을 본 기억.

'악마교에는… 악마를 조종할 수 있는 방법이 있어.'

그렇다면 자신을 악마로 만들 이유는 한가지였다.

"날… 조종할 생각이었던 거냐."

-크하하하! 다행히 얘기가 통하지 않을 정도로 멍청하지는 않군!

요그사론은 배를 잡은 채 폭소했다. 그의 녹색 촉수가 꾸물 거렸다.

-그렇다. 모든 것은 널 꼭두각시로 만들어 사탄 님께 충성을 바치도록 하기 위함이지.

"……."

-무신의 영혼을 가진 인간이라……. 크크큭. 지금은 나약하 기 그지없지만, 확실히 흥미로워.

요그사론의 눈이 빛났다.

-과연 네가 악마로 타락한 모습을 본다면 가이아는 얼마나 절망할까? 응?

턱.

김시훈은 뒷걸음질 쳤다. 그는 믿고 싶지 않다는 듯, 머리를 움켜쥐었다.

"아니야."

이런 것을 원한 것이 아니었다. 악마가 되려고 한 것이 아니 었다. 사탄의 꾀임에 속아 넘어가, 꼭두각시가 되려 한 것이 아 니었다.

김시훈은 덜덜 떨리는 눈으로 가이아를 내려다보았다. 만지면 부서질 것 같은, 가녀린 여인. 그녀를 지키고 싶었을 뿐이었다.

-크하하하하!! 좋군! 네가 꼭두각시가 된 이후에 가장 먼저 그년을 네 손으로 직접 죽이게 만들어주지!!!

"아, 아아."

상상만 해도 끔찍한 말. 전신에 공포가 퍼져 나갔다. 가이아를 직접 죽이는 상상을 하자, 구역질이 나올 것 같았다.

'다, 다시 원래대로 돌아가야 해.'

아직은 늦지 않았다. 지금이라면 이 몸 안에 차오른 마(魔)의 기운을 내보낼 수 있었다.

고민은 짧았다. 김시훈은 그의 몸을 잠식한 어둠을 몰아내기 위해 정신을 집중했다.

'잠깐.'

그때, 굳건하게 검을 쥐고 있는 자신의 손이 보였다.

'여기서 이 힘을 포기한다면.'

다시 검을 쥐지 못하는 때로 돌아갈 수도 있다. 망설임과, 갈등이 교차했다.

'아니야.'

고민은 길지 않았다. 사탄의 손에 놀아날 수는 없었다. 그의 소중한 사람들을 위해서라도, 이 힘은 포기해야 했다.

"크윽! 컥!"

끔찍한 갈증이 그를 뒤흔들었다. 악마의 육체가 불러일으킨 욕망의 고양. 힘에 대한 갈망이 육신을 지배했다.

"안, 돼……."

의식이 끊어질 것 같았다. 이대로 욕망에 집어삼켜져, 정신을 놓아버릴 것만 같았다.

"아, 아아."

뺨을 타고 눈물이 흘렀다. 악마의 육체가 불러오는 욕망에 저항할 수 없었다.

시야가 흐릿해졌다. 이대로, 그냥 악마가 되는 것도 나쁘지 않겠단 생각이 머릿속을 가득 채웠다.

"시훈… 아?"

그때 귓가에 익숙한 목소리가 들렸다. 벼락이 내려친 기분. 김시훈은 덜덜 떨리는 몸으로 고개를 돌렸다.

"강우 형……?"

그의 뒤에는, 세상에서 가장 그가 신뢰하는 사람이 서 있었다.

"시훈아? 저, 정말 시훈이냐?"

강우의 눈빛이 떨렸다. 믿을 수 없는, 끔찍한 악몽을 마주한 표정.

"아, 아니야. 저게 시훈이일 리가……."

강우는 몸을 떨었다. 머리를 움켜쥔 채, 고개를 저었다. 현실을 부정했다. 눈앞의 악마가, 김시훈일 리가 없었다.

"혀, 형님."

"닥쳐! 감히 내 앞에서 시훈이를 사칭하는 거냐?"

강우가 거칠게 소리치며 오른손을 뻗었다. 그러자 황금빛을 뿜어내는 검, 델 라인이 손에 쥐어졌다. 곧 그에게서 강렬한 살기가 피어올랐다. 증오 가득한 표정으로 김시훈과 요그사론을 노려보았다.

"어디 있냐."

쿵! 그가 거칠게 발을 구르자, 찬란한 황금빛 기운이 줄기줄기 사방으로 뻗어 나갔다.

"김시훈 어디에 숨겼어 이 개자식들아!!!"

흥분에 찬 목소리. 최악의 상상을 머릿속으로 지워내듯, 눈앞의 악몽을 부정하듯, 처절한 외침을 토해냈다.

-크하하하하하하하!!!

요그사론이 배를 잡고 폭소를 터뜨렸다.

그는 지금 이 상황이 참을 수 없을 정도로 즐겁다는 듯 입가를 비틀어 올리곤, 강우를 향해 나지막이 입을 열었다.

-눈앞에 두고도 동생을 알아보지 못하는 건가?

"뭐, 라고?"

-바로 저기에 네 동생이 있지 않은가, 인간.

손을 들어 김시훈을 가리켰다.

"저 악마가 시훈이라고? 헛소리하지 마라!"

씹어뱉듯 외쳤다. 하지만 그도 직감적으로 알고 있었다. 풍겨오는 분위기에서, 자신을 바라보는 눈빛에서 이미 깨닫고 있었다.

"형, 님."

"……아냐."

부정했다. 창백해진 표정으로, 고개를 저었다. 지금 이 악몽을 믿고 싶지 않았다.

"네가, 네가 왜… 어째서……."

"죄송, 합니다."

김시훈이 고개를 떨궜다.

악마로 전락한 모습. 사탄의 사악한 술수에 넘어가, 밑바닥으로 추락한 모습. 지금 이 모습을 강우에게 보여주는 것만으로도 가슴이 타들어 갈 듯한 통증이 느껴졌다.

김시훈은 자신의 몸을 내려다보았다.

'지금이라도.'

늦지 않았다. 돌이킬 수 있다. 아직까지는, 엎어진 물을 다시 담을 수 있다. 어차피 강우만 하더라도 티리온의 힘을 받아들여 영웅신의 사도가 되기 전까지는 악마의 육체를 가지고 있었다. 자신도 그처럼, 지금 몸을 잠식하는 마기를 포기하면 됐다.

"으, 아아."

갈증이, 타는 듯한 갈증이 퍼졌다. 목구멍 안쪽을 날카로운 쇠갈고리로 긁어내는 듯한 고통. 몸 전체가 말라붙는 감각에 바들바들 몸을 떨었다.

'포기해야, 해.'

놓아야 한다. 지금 그의 몸을 채운 이 어둠의 기운을 몰아내야 했다.

어렵지 않은 일이다. 그냥, 포기하면 됐다. 밧줄에서 손을 놓듯 놓아버리면 된다. 간단하고, 쉬운 일이다. 하지만.

"으, 아아아아아아!"

고통에 몸부림쳤다. 악마의 육체가 불러일으키는 끔찍한 욕망의 충동. 이제까지 한 번도 느껴보지 못한 갈망이 전신을 지배했다.

비유하자면, 마약 중독자가 혀끝까지 댄 마약을 뱉어내는 것. 메마른 사막에서 말라 비틀어 죽어가는 사람이 눈앞의 물주머니를 바닥에 쏟아버리는 것. 아니, 사실 그것보다 심했다. 괜히 마기를 받아들인 인간이 욕망의 충동에 정신을 송두리째 빼앗겨 버리고 마물로 타락하는 것이 아니었다.

심지어 이번에 그가 받아들인 마기는 마왕의 것. 악마의 육체가 불러일으키는 욕망은 저주에 가깝게 그의 몸을 잠식하고 있었다.

"시, 시훈아!"

강우가 다급히 손을 뻗었다.

김시훈의 발작이 이어졌다.

"아, 으아아아!"

손톱으로 뺨을 긋자, 살점이 떨어져 나갔다. 뺨에서 검은 핏줄기가 흘러내렸다. 몸을 꺾고 머리를 움켜쥐었다. 우득. 손가락이 머리를 파고들며 두피가 찢어졌다. 김시훈은 괴성을 토해내며 몸을 비틀었다.

콰드득!

검을 들어 자신의 팔을 내려찍었다. 욕망의 지배에서 벗어나기 위해 거침없이 검을 휘둘렀다.

피가 튀고, 살점이 찢겨 나가며 새하얀 뼈가 드러났다. 하지만 그것도 잠시, 시간이 거꾸로 되돌아간 듯 찢겨 나간 살점들이 빠른 속도로 재생됐다. 고통만이 잔상처럼 남았다.

"내, 안에서, 꺼져!!!"

멈추지 않았다.

뺨을 타고 눈물이 흘렀다. 이대로 가다간 사탄의 꼭두각시가 되어버린다. 자신의 손으로 사랑하는 여인을 죽이고, 존경하는 형의 목을 비틀게 된다. 아니, 강우는 자신을 압도할 정도로 강하니 그 반대가 되리라.

어느 쪽이든 상관없다. 그가 강우를 죽이든 강우가 그를 죽이든 그 끝은 파국이었다. 희망의 불씨조차 사라진 절망이다.

'벗어나야 해.'

이 끔찍한 욕망의 충동에서, 악몽 같은 사탄의 술수에서 벗어나야 했다.

김시훈은 몸을 내려찍는 검에 힘을 더했다. 전신에 퍼지는 고통이, 이 미칠 듯한 갈증을 씻어내기를 바랐다.

"시훈아!!"

강우가 다가왔다. 그러고는 검을 내려찍은 그의 손을 잡으며, 다급한 표정으로 외쳤다.

"그만해, 이 미친 새끼야!!!"

"형, 님. 전……."

"일단 사정은 나중에 들을 게. 지금은 일단 진정……."

"안, 됩니다."

김시훈은 고개를 저었다.

마기가 점점 더 그의 몸을 바꿔가는 것이 느껴졌다. 여기서 포기한다면, 지금 이 힘을 몰아내 버리지 못한다면 그것으로 끝. 그는 악마가 되어 사탄의 꼭두각시로 전락한다.

"지금, 해야, 합니다."

"뭘, 뭘 지금 해야 한다는 건데!!"

"다시, 돌이킬 수 있습니다. 아직, 늦, 지 않았습니다."

처절한 목소리로 말했다. 늦지 않았다, 아직은. 아직까지는.

검을 쥔 김시훈이 무심하게 팔을 내려찍었다. 살점이 찢어졌다. 날카로운 쇠붙이가 근육을 가르고, 뼈를 잘랐다. 끔찍한 통증이 차오르고 그 고통이 미칠 듯한 갈증을 쏟아냈다.

마기를 밀어내기 시작했다.

쿠드득. 콰득.

이마에 돋아난 산양의 뿔이 몸 안으로 다시 빨려 들어갔다. 피부를 뚫고 나온 박쥐의 날개의 크기가 점점 줄어들었다.

하지만.

"크윽, 아, 으."

마기를 밀어낼수록 강렬해지는 갈증.

의식이 흐릿해졌다. 그의 육체를 집어삼킨 마기가 그를 향해 말을 건네는 듯했다. '정말 날 포기할 거야?'라고.

악마의 달콤한 속삭임. 붉은 가면을 쓴 악마가 그를 바라보며 낄낄 웃고 있는 모습이 보였다.

"닥, 쳐."

환청이라는 것을 알고 있다. 환상이라는 것을 알고 있다. 지금 귓가에 들리는 목소리는, 눈앞에 보이는 사탄의 모습은 모두 거짓이다. 미칠 듯한 갈증이 만들어낸 악몽에 불과했다. 하지만, 알고 있다고 해도 그 달콤한 유혹을 거절하는 것은 힘들었다.

우드득.

이마의 뿔이 다시금 천천히 돋아났다. 시야가 일그러지며 칠흑의 어둠이 눈앞에 펼쳐졌다.

"……."

강우는 김시훈의 모습을 내려다보았다. 그가 어떤 상황에 처해 있는지는 어렵지 않게 깨달을 수 있었다.

'좋지 않아.'

악마의 충동이 얼마나 강렬한지는 강우 자신이 가장 잘 알고 있었다. 구천지옥에 떨어졌을 때 그 욕망의 충동을 견디기 위해 얼마나 많은 고생을 했던가.

'내가 모습을 보이는 것만으로는 부족했나.'

자신의 모습을 보고 충격을 받은 김시훈이 그 유혹을 떨쳐 내기를 바랐다. 하지만 아무래도 자극이 부족했던 모양.

'김시훈이 이대로 악마의 육체를 가진 채로 산다면…….'

사탄 표 치트 키를 사용하면서 종속의 권능에 대한 의심의 씨앗은 사전에 차단했다. 이대로 악마로 있는 것이 전력에는 오히려 도움이 될 수도 있었다.

잠시 망설임이 있었지만 강우는 이내 고개를 저었다.

'안 돼.'

김시훈이 지닌 힘의 본질은 마기가 아니었다. 지금 그의 상태는 경유로 돌아가는 차량에 휘발유를 넣은 것과 마찬가지. 계속 이대로 뒀다가는 무슨 부작용이 생길지 예측할 수 없었다.

'최악의 경우.'

김시훈은 죽는다.

강우의 눈이 가늘어졌다. 그렇게 둘 수는 없었다.

'그렇다면 여기서는.'

마지막 남은 카드를 꺼내 들 차례였다. 입가가 올라갔다.

그가 준비한 마지막 카드.

'이건 통한다.'

확신이 있었다.

강우는 애처롭게 몸을 떠는 김시훈을 바라보았다.

"크흠."

'목소리 좀 가다듬고.'

잠시 두 눈을 감으며 감정을 잡았다. 악마로 변한 동생. 악마의 술수에 넘어가 타락한 동료. 절망적인 상황에서 피어나는 우정과 사랑. 그 구도가 중요했다.

강우는 천천히 입을 열었다. 손을 뻗어 김시훈의 어깨를 잡았다.

"시훈아! 시훈아 정신 차려!!"

'감정선 좋고.'

자신이 내뱉고도 깜짝 놀랄 만큼 절박한 목소리.

[종속의 권능이 발현되었습니다.]

그와 동시에 귓가에 알림 메시지가 들렸다. 강우의 손에서 뿜어져 나간 검은 기운이 김시훈의 몸속으로 들어갔다.

"형, 님."

"정신 차리라고 이 새끼야!!"

"죄송, 합니다, 형님. 전……."

김시훈이 몸을 떨었다.

"아."

순간, 김시훈의 두 눈이 커졌다. 그는 알 수 없는 충동이 몸 안에서 끓어오르는 것이 느껴졌다. 다급히 고개를 돌렸다.

-흐흐흐. 느껴지느냐? 그것이 사탄 님이 네게 뿌린 '씨앗'의 힘이다.

느긋하게 팔짱을 끼며 상황을 지켜보고 있던 요그사론이 말했다. 김시훈의 얼굴이 절망에 물들었다.

"아, 안 돼."

미친 듯이 끓어오르는 파괴 충동. 증오심과, 광기. 김시훈의 손이 의지와는 상관없이 움직였다.

"아, 안 돼!!"

모든 힘을 쥐어짜 내어 팔을 억눌렀다. 하지만 그것만으로는 역부족. 사탄이 심어둔 마의 씨앗이 그의 몸 안에서 개화했다. 끔찍한 살육의 충동이 강우를 향했다.

"무슨 일이야?"

"혀, 형님! 피, 피하십……."

푸욱.

"아."

손에 쥔 검이 강우의 배를 뚫었다.

김시훈의 두 눈이 부릅떠졌다. 입이 벌어졌다. 손을 타고 느껴지는 생생한 피륙의 감촉. 살아 있는 생명체를 베었을 때의 섬뜩한 감각.

"쿨, 럭."

강우의 입에서 피가 쏟아졌다. 그는 자신의 배를 찌른 김시훈의 검을 이해할 수 없다는 듯이 내려다보았다.

"혀, 형님. 죄송합니다……. 죄송, 합니다."

눈물이 흘렀다. 이 모든 것이 악몽이기를, 현실이 아니기를 바랐다. 하지만 손에 느껴지는 감각이, 그의 손을 적시는 뜨끈한 피가 그 사실을 부정했다.

"내가, 내가 무슨……."

미칠 것 같았다. 아니, 이미 미쳤을지도 모른다.

정신이 혼미해지는 그 순간, 강우가 그를 거칠게 끌어안았다.

"형, 님……?"

"하아. 쿨럭! 정신 차려, 이 멍청한 놈아."

끊어질 듯 희미한 목소리. 그를 끌어안은 채, 강우는 어렵게 말을 이었다.

"네가 무슨, 상황인지. 뭐 때문에, 이렇게 됐는지는 모르, 겠다."

"혀, 형님. 더, 더 이상 말하면 안 됩니다. 피, 피가!"

김시훈은 펑펑 눈물을 쏟아내며 강우에게 외쳤다.

"하, 지만."

강우는 그의 말을 무시했다. 끌어안은 팔에 힘을 풀지 않았다.

"너라면, 해낼 수 있을 거야."

"……."

"이겨, 낼 수 있어."

강우는 희미한 미소를 입가에 머금었다.

"시훈아……."

그의 뺨에 손을 올렸다.

"내 동생으로 있어줘서, 고맙다."

"아."

김시훈의 몸이 떨렸다. 트라우마. 뇌리에 새겨진, 영혼에 낙인찍혔던 그 트라우마.

'너를 낳아서, 미안해.'

그의 인생을 짓누르고 있던 그 말. 악몽이었고, 저주였던 그 말을 부정하고 싶었다. 부정하기 위해서만 살아왔다.

눈물이 흘렀다. 자신을 긍정해 주는 말. 네가 있어줘서 고맙다는 말. 그 말을 얼마나 간절하게 바랐는가.

"으, 아아."

밀어낸다. 사탄의 씨앗을, 몸에 들어찬 마의 기운을 버린다.

갈증이 그를 덮치고, 힘에 대한 갈망이 그의 머리를 잠식했다. 무시했다.

'나는.'

칠흑으로 물든 시야. 그 아무것도 보이지 않은 어둠을 찢어발겼다. 이윽고 어둠이 사라지며, 그 자리를 푸른빛이 채웠다. 김시훈의 몸이 강렬한 푸른빛에 휩싸였다.

[무신 천태황과의 동화율이 51.2%에 도달했습니다.]
[환골탈태의 모든 조건을 충족하였습니다.]
[육체가 재구성됩니다.]
[고유 스킬 '이기어검'을 습득하였습니다.]

쿠구구구구구궁!!

대지가 뒤틀렸다.

김시훈의 몸이 푸른빛에 휩싸임과 동시에 강우의 몸이 바닥에 쓰러졌다.

힐끔 눈을 떠서 김시훈의 모습을 살핀 강우는 희미하게 입가를 비틀어 올렸다.

'캬! 시바! 그래! 이거지!!'

그는 자신의 마지막 대사를 떠올렸다.

'내 동생으로 있어줘서, 고맙다.'

'오우 야.'

강우는 가늘게 몸을 떨며 자신이 내뱉은 대사에 취했다. 그 대사를 생각만 해도 온몸에 전율이 일었다.

'X나 멋있어, 씨바.'

이러니까 애들이 뻑이 가지.

◆ 8장 ◆

마탑의 생존자

우드드득. 우득!

뼈가 어긋나는 섬뜩한 파골음. 근육이 춤을 추듯 출렁이며 노폐물이 응축된 검은 액체가 땀샘을 통해 흘러나왔다.

'아.'

마음속으로 탄성을 흘렸다. 마치 새롭게 태어나는 것 같은, 신묘한 감각. 흔히 듣던 것처럼 끔찍한 통증이 있는 것은 아니었다. 오히려 가려운 곳을 긁어주듯 상쾌함마저 느껴졌다.

시간이 흐른 후 천천히 눈을 뜬 김시훈은, 숨을 들이쉬며 숲속의 공기를 폐 안에 집어넣었다. 이루어 말할 수 없는 청명한 감각. 몸이 깃털이라도 된 것 마냥 가볍다.

그는 강우의 배를 관통한 검을 향해 손을 뻗었다. 푸른 기운이 검신에 맺혔다. 검이 마치 살아 있는 생명처럼 스르륵 빠져나왔다. 그러자 강우의 몸이 쓰러졌다.

"형님."

가볍게 손을 뻗었다. 초능력자가 염동력을 사용하기라도 한 것 마냥, 쓰러지던 강우의 몸이 푸른 기운에 휩싸였다.

강우의 몸이 천천히 바닥에 놓이고 푸른 기운이 그의 상처를 덮었다. 놀랍게도 검이 빠져나온 자리에는 피 한 방울 흘러나오지 않고 있었다.

'빨리 끝내야 해.'

이기어검의 묘리를 사용해 상처를 봉합한 것은 결국 임시방편에 불과했다. 상처를 치료하기 위해서는 수호의 전당을 통해 한국으로 돌아가 한설아를 불러야 했다.

-이, 이게 무슨?

당황하는 요그사론의 모습이 보였다.

몸을 돌렸다. 손을 들어 검을 쥐었다. 더 이상 손은 떨리지 않았다.

"요그, 사론."

씹어뱉듯이 그 이름을 말했다.

그가 가장 증오하는 악마, 같은 하늘 아래 있을 수 없는 원수의 부하. 가이아를 위험에 처하게 만들고, 자신의 손으로 강우를 찌르게 만든 원흉.

'죽인다.'

살려둘 이유가 없었다.

김시훈이 살기를 뿜어냈다.

-제길! 어, 어떻게 씨앗의 영향에서 벗어날 수 있었던 거지?

이해할 수 없다는 표정.

-악마의 욕망을 인간이 견딜 수 없을 텐데!

"헛소리하지 마라, 악마."

그는 손에 검을 쥔 채, 망설임 없이 달려들었다.

확실히 요그사론의 말대로 악마의 욕망은 강렬했다. 그 어떤 마약도 악마의 욕망이 불러일으키는 금단 현상에는 비할수 없을 것이다.

'하지만.'

극복할 수 있다. 자신이 그것을 증명했다. 밑바닥까지 추락했다가, 나락의 끝에서 간신히 기어 올라온 것이지만.

'불가능'하지는 않았다.

"네놈들 뜻대로 되도록 두지 않아."

진각을 밟으며 검을 내질렀다. 손에서 떠나간 검이 마치 살아 있는 생물처럼 자유로이 허공을 넘나들었다.

'천룡일섬(天龍一閃)'

빛이 번쩍였다. 푸른 기운이 공간을 가르며 요그사론의 몸을 베었다.

-하찮은 인간 따위가!!!

격전이 이어졌다. 꼴사납게 압도당하던 처음과는 달랐다. 김시훈의 몸이 흐릿한 잔상을 만들어내며 어마어마한 속도로 움직였다.

콰앙! 쿵!

자유롭다. 그렇게 느꼈다.

할 수 없었던 것을 할 수 있게 되고. 머릿속으로만 생각했던 움직임이 자연스럽게 펼쳐졌다. 검과 손이 물리적으로 이어지지 않아도 검술을 펼칠 수 있다는 것은, 그 사실만으로도 경이로운 움직임이 가능하게 만들었다.

-크윽!! 제, 제길!

격전이 이어질수록 요그사론의 상처가 늘어났다. 피부가 찢어지고 녹색 촉수가 잘려 나갔다.

요그사론은 다급한 표정으로 고개를 두리번거리더니, 품속에 손을 넣어 검은 구슬을 쥐었다.

-네놈……. 이것으로 끝나리라 생각지 말아라.

요그사론은 살기가 담긴 눈빛으로 김시훈을 노려보았다.

파각.

손에 쥔 검은 구슬을 박살 내자 검은 균열이 나타나 요그사론의 몸을 집어삼켰다.

"놓칠 것 같냐!!"

김시훈이 빠른 속도로 질주했다.

요그사론이 손을 휘저었다. 주변 가득한 언데드 부대가 김시훈을 향해 달려들기 시작했다.

"크읏!"

김시훈은 달려드는 언데드들을 일검에 죽였다. 하지만 언데드들의 숫자는 수백. 아무리 각성을 했다고 하지만 이 정도 숫자의 몬스터를 눈 깜짝할 사이에 처리할 수는 없었다.

'무시하고······.'

균열 안으로 사라지려는 요그사론을 쫓으려고 할 때였다. 언데드들이 기절한 채 쓰러진 가이아와 강우가 있는 방향으로 달려가는 것이 보였다.

"······제길."

두 사람을 포기하면서까지 악마를 쫓을 수는 없었다.

김시훈은 입술을 깨물며 살기 가득한 눈빛으로 요그사론을 응시했다.

-잊지 마라, 인간.

요그사론과 김시훈의 시선이 교차했다.

-결국, 승리하는 것은 우리다!

두 팔을 뻗으며, 광기에 찬 목소리로 외쳤다.

-모든 것은 사탄 님의 뜻대로!!

요그사론의 몸이 완전히 균열 안으로 사라졌다.

"……."

김시훈은 사라지는 요그사론의 모습을 바라보며 굳게 입을 다물었다.

날카로운 눈으로 사라진 자리를 노려보던 그는 이내 고개를 돌렸다. 지금은 도망친 악마를 신경 쓸 여유가 없었다.

"크윽."

"형님! 강우 형님!!"

"시훈, 아?"

쓰러진 강우가 몸을 일으켰다. 김시훈은 눈물을 흘리며 다급히 강우에게 다가왔다.

강우는 김시훈을 바라보며 희미한 미소를 지었다.

"넌, 해낼 수 있을 거라 믿고 있었다."

"어, 억지로 일어나지 마십쇼, 형님! 상처가……."

"내 피로 팔을 재생시킨 놈이 그걸 걱정하냐. 난 즉사당하지만 않으면 괜찮아, 인마."

강우는 쓴웃음을 지으며 검에 꿰뚫린 상처를 치료했다.

하지만 상처가 치료됐다 하더라도 육체의 대미지는 남아 있는 모양. 몸을 일으키던 강우가 일순 비틀거렸다.

"형님!"

"됐어. 그보다 대체 무슨 일이야? 왜 네가 악마로 변한 거야?"

"그건……."

김시훈은 말끝을 흐렸다.

고민을 이어가던 그는 요그사론의 말을 그에게 전했다.

"씨앗, 이라."

"……죄송합니다. 저 때문에 이런."

"아니."

고개를 저었다.

"그보다 일단 그 일은 너랑 나만 알고 있는 게 좋을 것 같다."

"……예."

"그렇게 걱정스러운 표정 하지 말고 짜식아."

강우는 가볍게 어깨를 두드리고 검을 굳게 쥔 김시훈의 손을 잡았다.

"어쨌든 네 의지로 이겨냈잖아."

"……."

"한 번 이겨냈는데 두 번이라고 못할까."

"그런 간단한 문제가……."

"믿고 있다, 시훈아."

"형……."

김시훈의 두 눈에 눈물이 맺혔다.

소중한 사람을 자신의 손으로 죽일 수도 있다는 끔찍한 공포. 그 공포 속에서 강우의 말은 단비가 되었다.

"형!!!"

'껴안지 마.'

강우는 자신을 끌어안은 채 감격에 찬 눈물을 흘리는 김시훈을 억지로 떼어냈다. 김시훈은 주인에게 버려진 강아지와도 같이 처량한 표정을 지었다.

'그렇게 상처받은 표정 하지 마, 이 새끼야.'

왜 자꾸 메인 히로인 자리를 네가 노리는 거야.

"지금 그렇게 끌어안아 줄 사람은 내가 아닐 텐데?"

"아……."

"으음? 시, 시훈 씨?"

기절해 있던 가이아가 조심스럽게 몸을 일으켰다. 연기가 아닌, 진짜로 당황했다는 표정으로 고개를 두리번거렸다.

"가이아 씨."

"김시훈 수호자님! 어… 그러니까, 아, 악마는 어떻게 됐나요?"

'나이스 제수씨!'

다행히 지금 자신의 역할을 깨달은 듯 떨리는 목소리로 물었다. 가이아에게 다가간 김시훈이 그녀를 부축하는 것이 보였다.

훈훈한 모습을 바라보며 강우는 웃었다.

'이로써.'

절망 속에서 영웅은 피어났고. 사악한 악마는 도망쳤으며. 가녀린 히로인은 구원받았다.

'이게 소설이지!'

푸헤헤헤헿흐헤헿.

-그 인간, 확실히 대단하군요.

격전과도 같은 김시훈의 각성 사건이 끝난 후 일주일. 마몬의 권능을 익히기 위한 대련이 끝난 직후 발록이 입을 열었다.

강우는 고개를 끄덕였다. 발록의 말이 누굴 가리키는지 상상하는 것은 어렵지 않았다.

"대단하지 않았으면 그런 고생을 하지도 않았어."

-왕의 안목에 대해서는 감탄뿐이 나오지 않습니다. 솔직히 이번 작전을 하면서 그 인간이 그토록 강해질 줄은 생각 못 했거든요.

발록은 김시훈과의 격전을 떠올렸다. 짜릿한 전율이 몸에 흘렀다.

강우는 피식 웃었다.

"따라잡힐 것 같아?"

-흐흐. 이 발록, 아무리 신의 영혼을 몸에 받아들였다고는 하나 새파란 인간 애송이에게 질 정도로 약하지 않습니다.

발록은 망설임 없는 답에 강우가 고개를 끄덕였다.

당시 발록은 최상의 컨디션이 아니었다. 주 무기인 채찍도 들지 않았고, 거추장스러운 촉수까지 단 채 김시훈과 싸웠다.

'하지만 솔직히 어중간한 대악마들은 가볍게 썰어버릴 수 있을 정도로 강해졌지.'

절로 입가에 미소가 지어졌다. 과거 할파스, 페넥스, 말파스와 같은 세 가지 맛 신호등 치킨 정도는 김시훈 혼자서도 충분히 압도할 수 있을 것이다.

'자랑스럽다, 내 새끼.'

입가에 절로 뿌듯한 미소가 지어졌다. 이번 각성으로 과거 그가 이끌던 마왕군 내에서도 다섯 손가락 안에 꼽히는 강자가 된 것이다.

'역시 노력은 배신하지 않는구만.'

피똥 싸며 연기를 한 보람이 있었다.

'그래도 갈 길이 멀긴 하네.'

김시훈의 성장 속도에 불만이 있는 것은 아니었다. 불만이 있는 것은 인류, 지구에 존재하는 '플레이어'들의 수준.

'시훈이 정도까지는 바라지 않아도 좀 더 센 플레이어들이 나와줬으면 하는데.'

악마와 인간 간의 파워 밸런스는 헛웃음이 나오는 수준. 막말로 말해서, 강우를 비롯한 가디언즈의 정예 멤버가 없다면 대공 하나만 나타나더라도 인류는 멸망한다.

"끄응."

사실 너무 큰 것을 바라는 것은 맞았다.

'플레이어가 나타난 지 고작 6년째니까.'

6년간 몬스터 정도는 몰아낼 수 있는 수준으로 인류가 성장한 것만 하더라도 기적이었다.

"……미래에 기대볼 수밖에 없나."

이대로 잦은 교전을 통해 플레이들이 성장하는 것을 기대하는 수밖에 없었다.

"발록, 쉬는 시간 끝났다."

지금 당장 해야 할 일은 마몬의 권능을 완전히 몸에 익히는 것. 그리고.

'이 권능을 다른 권능과 조합해 보는 것.'

대공의 권능. 그 초월자의 힘을 다른 무언가와 섞는 시도는 이제까지 한 번도 없었다. 전례가 없는 일이었고, 이후에도 다시는 없을 일. 오강우라는 미친 이레귤러가 아니면 시도조차 해볼 수 없는 일이었다.

'아직은 불가능하지만.'

불길의 권능 하나를 다루는 것만으로도 제대로 다루지 못하고 있는데 다른 권능과 조합의 시도해 볼 수 있을 리가 없었다.

다른 권능과의 조합은 제곱으로 그 난이도가 상승한다. 이제까지 전례가 없었던 일인 만큼 신중을 가할 필요가 있었다.

'하지만 언젠가는.'

손을 들었다. 손끝에 붉은 화염이 춤췄다.

지금 당장은 마몬이 다루던 불꽃을 따라잡을 수 없다. 하지만 결국 시간이 지나면 따라잡을 것이다, 넘어설 것이다. 이제까지 그래왔듯이.

-지옥에서도 그랬지만…….왕은 쉬지 않으시는군요.

"안 쉬는 사람이 세상에 어딨냐."

못 쉬는 사람만이 세상에 존재할 뿐이다.

강우 또한 마찬가지. 마음 같아서는 한설아와 데이트를 나가고 싶고, 에키드나와 늘어지게 앉아 티비를 보고 싶고, 차연주와 다시 한번 PC방에 가고 싶다.

"아, 쉬고 싶다……."

상상하니 마음이 동했다. 마몬의 권능을 익히고 난 후는 진짜 하루에 20시간 이상을 권능을 다루는 데 쏟아부었다.

'아니, 그 이상인가.'

체감 시간을 느리게 만드는 집중의 권능까지 사용하며 권능을 사용하는 시간에 때려 부었으니 실제 느낀 시간은 그 이상. 인생 목표가 돈 많은 백수인 그에게 있어서 견디기 힘든 성실함이었다.

'슈바, 나도 좀 쉬자 제발.'

지구에 오기 전만 하더라도 실컷 지구에서의 생활을 즐기자고 생각했던 것이, 어느새 세계의 명운을 건 전투를 이어나가야 하는 상황이 되어버렸다. 솔직히 지긋지긋한 것이 사실.

'하루 정도는 각 잡고 쉬어야……'

"어머, 휴식이 필요하셨습니까 나의 왕이시여?"

뒤에서 목소리가 들렸다. 고개를 돌리자 리리스가 짙은 미소를 지으며 그를 바라보고 있었다.

강우는 고민조차 하지 않고, 답했다.

"아니."

그는 낮은 목소리로 말을 이었다.

"우리에게 쉴 시간은 없다."

"어머, 어머. 또 그러신다."

하지만, 통하지 않았다. 리리스는 씨익 미소를 지으며 강우의 몸을 슬며시 끌어안았다.

"그러고 보니 이 세계에 온 이후 왕과 오붓한 시간을 보낸 기억이 없네요."

'아니야 앞으로도 없어도 괜찮아.'

"호호호. 왕이 지친 것도 이해가 됩니다. 저와의 밤이 그렇게 그리우셨군요."

'내가 잘못했어. 쉴 생각 안 할게. 개처럼 일할게. 주말 휴일 다 반납하고 일만 할게.'

강우가 간절한 눈빛을 쏘아 보냈다. 그 눈빛이 통했기 때문일까, 리리스는 짧은 한숨을 내쉬며 말을 이었다.

"지금 당장에라도 왕과 함께 끈적한 시간을 보내고 싶지만… 아무래도 오늘은 힘들 것 같네요."

'오, 이게 웬일이야?'

강우는 예상외의 대답에 눈을 빛냈다.

"무슨 일이라도 있어?"

"왕에게 보고드릴 일이 있습니다."

리리스는 침착한 목소리로 말을 이었다.

"이번에 루시퍼의 세력들과 악마교가 교전을 펼친 지역에서 생존자 한 명이 가디언즈에 망명을 신청했습니다."

"……악마교도가?"

"아뇨. 본인은 이제까지 그들에게 잡혀 노예처럼 착취당했을 뿐 악마교도가 아니라고 말하고 있습니다."

"그럼 뭐라는데."

흥미롭다는 듯 물었다.

"마탑의 마법사… 라 말했습니다."

"마탑?"

마탑. 지구로 온 이후 한 번도 들어본 적 없는 단체명임에도 불구하고 묘하게 익숙한 느낌. 마치 '마! 판타지에 마탑 한번 등장 안 하면 섭하지 않나!' 같은 쓸데기 없는 이유로 등장한 듯한 기분이었다.

"정확히는 '진리의 탑'이라고도 불리는 곳이라고 주절주절 설명은 많이 했습니다."

"진리의 탑이라……"

손가락으로 턱을 긁었다. 명칭이 마탑이건 진리의 탑이건 중요치 않다.

"어디 쪽 길드인데?"

"유럽 전역에 걸친 규모 있는 단체라고 합니다. 특이 사항으로는… 꽤나 오랜 역사를 가진 단체라고 하더군요."

"오랜 역사?"

고개를 갸웃거렸다. 플레이어가 지구에 나타난 지 고작해야 6년. 오랜 역사가 있어 봤자 얼마나 오래됐겠는가.

'잠깐.'

강우의 눈이 가늘어졌다.

천무진과, 제갈현이 떠올랐다.

'분명 플레이어가 등장하기 전부터 무공을 사용하고 있었다고 했지.'

천무진의 경우 많은 부분이 실전되기는 했지만 무신 천태황의 무공까지 지니고 있었다.

'그렇다면.'

진리의 탑은 격변의 날 이전부터 존재해 왔다는 의미. 천무진이 무공을 사용했던 것처럼 그들 또한 과학적으로 설명할 수 없는 이능의 힘을 지니고 있었을 가능성이 컸다.

'불가능한 얘기는 아니지.'

악마교 또한 수천 년 전부터 존재해 온 집단이다. 마법, 주술, 무공. 플레이어들이 나타나면서 본격적으로 퍼진 그 힘은 격변의 날 이전부터 존재했다.

"그래서, 지금 그놈은 어디 있어?"

"가이아 씨의 허가를 받고 수호의 전당에 가둬놨어요. 시훈 씨가 감시하고 있고요."

강우가 고개를 끄덕였다. 진리의 탑이고 나발이고 악마교도가 아니라는 말을 곧이곧대로 믿을 수는 없었다. 가디언즈에 망명하는 처지에 자신이 악마교도라고 당당히 밝히는 머저리는 없을 테니까.

그는 자리에서 일어섰다.

"바로 가실 건가요?"

"직접 얘기해 보는 것만큼 확실한 방법은 없으니까."

"후훗. 안내하겠습니다."

"수호의 전당이라면 이미 질리도록 가봤어."

강우는 피식 웃으며 수호의 전당으로 향하는 게이트를 만들었다.

'생각해 보니 참 편하네.'

언제 어디서나 갈 수 있고 그를 통해 세계 곳곳에 있는 가디언즈 지부로까지 갈 수 있으니 편의성으로만 따지면 최상급이었다.

게이트 너머로 들어가자 익숙한 흰색 통로가 보였다. 강우는 리리스의 안내에 따라 움직였다.

"오셨습니까, 형님."

입구를 지키던 김시훈이 그를 반겼다.

가볍게 고개를 끄덕이며 방 안으로 들어가자 마력 구속구에 묶인 노인이 보였다.

산발한 머리에 회색 수염. 반지를 찾는 영화에서나 등장할 법한 전형적인 노인 마법사의 모습.

강우가 의자를 끌어 그 앞에 앉았다.

"반갑습니다."

"당신은……."

"가디언즈 소속 오강우라고 합니다. 몇 가지 여쭙고 싶은 말이 있어서 왔습니다."

"끄응."

노인은 마력 구속구가 불편하다는 듯 몸을 비틀었다.

강우는 사람 좋은 미소를 지으며 입을 열었다.

"구속구에 대해서는 조금 불편하시더라도 양해 부탁드립니다."

"……아, 예! 무, 물론입니다."

노인은 화들짝 놀라며 고개를 숙이고는 조심스러운 목소리로 입을 열었다.

"제 이름은 카드가입니다. 진리의 탑 소속 마법사죠."

"처음 듣는 곳이군요."

"마탑의 존재는 일반인들에게는 잘 알려져 있지 않습니다."

어딘가 뿌듯하다는 말투.

강우는 가늘게 눈을 뜨며 입을 열었다.

"악마교에게 착취당하셨다고 말씀하셨는데……. 구체적으로 어떻게 된 일이죠?"

"말 그대로입니다. 그 더러운 악마 놈들이 저희를 노예처럼……! 크흡."

말하던 중간에 감정이 격해졌는지 입술을 깨물며 표정을 일그러뜨렸다. 절절한 감정이 전해졌다.

강우의 눈이 빛났다.

'거짓말을 하는 것 같지는 않네.'

피해자의 진심 어린 목소리와 눈물이 증거라는 개소리까지는 하지 않겠지만 적어도 연기처럼 보이지는 않았다.

"후우. 후우."

카드가는 흥분을 가라앉히며 말을 이었다.

"저희 마탑의 마법사들은 진리를 탐구하기 위해 오랜 세월 마법을 연구해 왔습니다."

"플레이어가 나타나기 전부터 마법을 사용하셨다고 들었는데……."

"예, 맞습니다."

자신감 있게 고개를 끄덕였다.

"진리를 추구하는 일에 대한 소소한 보상이라고 할까요. 어느 정도의 기적은 행사할 수 있습니다."

"그렇군요."

"그렇게 연구를 거듭하던 도중, 악마교가 마탑을 습격했습니다. 그들은 저희를 노예처럼 부리며 마법을 착취했습니다."

"정확히 그때가 언제죠?"

"그러니까……. 1년 전쯤입니다."

끔찍한 악몽을 떠올리는 듯 눈가가 젖어 들었다. 주름이 자글자글한 뺨을 타고 투명한 눈물이 흘렀다.

'1년 전이라.'

1년 전, 이라는 말에 강우의 눈이 가늘어졌다.

"마탑의 마법사들에게는 전투에 쓸 만한 마법이 없었던 겁니까?"

"아뇨. 그건 아닙니다. 저희는 아주 오래전부터 이어져 온 강력한 마법을 지니고 있었습니다. 하지만……."

카드가는 시선을 낮게 깔았다.

"악마들을 이길 수는 없었습니다."

'뭐 그렇긴 하겠지.'

악마와 인간. 두 종족 사이에 존재하는 힘의 격차는 명확했다.

물론 김시훈처럼 어지간한 악마들은 명함도 못 내밀고 썰려 버리는 예외도 있었으나, 기본적으로는 악마가 인간에 비해 훨씬 강한 힘을 가진 것이 사실.

"마법을 착취당하셨다고 했는데⋯⋯. 정확히 어떤 방법이었습니까?"

"그들에게 필요한 마법 물품 제조에 강제로 동원되었습니다. 손톱만 한 크기의 검은 보석이라든지⋯ 요상한 말뚝을 만드는 데도 동원되었죠."

"호오."

강우의 눈이 빛났다.

마정과 균열의 씨앗. 두 물건이 어떻게 대량 생산될 수 있었는지 그 이유를 알 수 있었다.

"그 밖에도 각종 장비와 무구를 인챈트하는 데도 동원됐습니다. 공장에서 일하는 노예나 다름없는 삶이었죠."

그는 분하다는 듯 주먹을 움켜쥐었다.

"더러운 악마 놈들! 마법이라는 것은 그런 하찮은 도구처럼 쓰여질 것이 아니거늘!!"

"일단 진정하시고⋯⋯. 어떻게 풀려 나오신 겁니까?"

"저희가 끌려온 공장을 정체 모를 악마들이 습격했습니다. 내분이라도 있었던 것인지⋯⋯. 저는 그 혼란을 틈타서 간신히 도망쳐 나왔습니다."

루시퍼의 권속들과 악마교와의 교전 중에 운 좋게 빠져나온 모양.

카드가는 강우를 향해 머리를 깊게 숙였다.

"부탁드립니다! 아직 악마교에 잡혀 있는 동료들이 많습니다! 그들은 지금 이 순간도 사악한 악마의 밑에서 착취당하고 있습니다. 부디… 부디 그들을 구해주십시오!"

"물론이죠."

막힘없이 답한 강우가 카드가를 바라보며 씨익 웃었다.

'마탑이라.'

마탑. 오랜 세월 진리를 추구해 온 마법사 조직.

'뭐, 마냥 동정할 놈들은 아닌 것 같지만.'

그들이 처한 처참한 상황 때문에 동정심이 들 뻔도 했지만, 얘기를 해보니 그럴 필요도 없었다.

'1년 전에 습격당한 거라면.'

1년 전까지 마탑은 계속 평화를 유지해 왔다는 것.

'그리고 지금까지 마탑의 존재를 아무도 몰랐다는 얘기는… 뭐, 그런 의미겠지.'

그들은 격변의 날, 인류가 몬스터의 위협에 처해 멸망의 길로 치닫고 있을 때조차 움직이지 않았다. 플레이어가 등장하기 전부터 몬스터와 싸울 수 있는 힘을 지니고 있었음에도 불구하고 손가락만 빨며 구경했다는 의미.

아무도 지키지 않았고, 구하지 않았다. 그들에게 중요한 것은 '진리를 탐구한다'라는 것 이외에는 없다.

'힘이 있다고 꼭 다른 누군가를 구해야 할 의무가 있는 건 아니지만.'

적어도 카드가가 말하는 것처럼 너무도 착하고 선량한 약자가 억울하게 착취당하는 그림은 아니다.

남들의 고통에 침묵하며 제 할 일만 했던 놈들이 이제 와서 도와 달라 애걸복걸하는 것과 마찬가지. 구원의 손을 뻗을 의지도 없는 자들이, 구원을 갈망하는 것은 우습기까지 했다.

'뭐, 상관없지.'

그들이 선량하고 말고는 신경 쓸 것이 아니다. 중요한 것은 그들이 지닌 가치. 쓸모 있는가, 아닌가의 문제.

'장비에 인챈트도 할 수 있다 했지.'

각종 장비를 강화하는 것은 물론, 조금 더 철저하게 쥐어짜 낸다면 보급 가능한 마법 무기나 스크롤 등을 제작할 수도 있을 것이다.

'나쁘지 않아.'

안 그래도 플레이어들의 평균 수준이 아쉽게 느껴질 때였다. 장비의 스펙을 올리는 것으로 그 수준을 한 단계 끌어올릴 수 있다면 괜찮은 소득이었다.

'이용할 수 있다.'

강우의 입가에 절로 미소가 지어졌다.

🌀

'좋았어!'

카드가는 속으로 환호성을 외쳤다. 절망 속에서 한 줄기 빛을 움켜잡았다는 생각이 들었다.

'역시 여기로 온 보람이 있었어.'

인류를 위해 모든 것을 헌신하는 멍청한 호구들의 집단, 가디언즈. 그들의 존재에 대해서 소문으로는 들었지만, 실제 이 정도로 쉽게 일이 풀릴 줄은 예상치 못했다.

'세상에 진짜 이런 놈들이 실재할 줄이야.'

헛웃음이 흘러나올 지경.

사사로운 인간계의 일, 예를 들어 게이트를 통한 몬스터들의 습격이라든지 악마교와 전쟁 등 세계의 진리와는 하등 관계없는 하찮은 사건에는 아무런 관심이 없던 그의 입장에서는 이해할 수 없는 일이었다.

'쯧쯧, 한심한 놈들.'

그들은 정작 중요한 것이 무엇인지 이해하지 못하고 있다. '격변의 날'이 지닌 진정한 의미를 깨닫지 못하고 있었다.

지금 인류가 살고 있는 세계. 지구라는 별. 그 진리의 핵심에 도달하지 못하고 있었다. 도달할 의지조차 갖지 않았다.

어째서 게이트가 나타났는지, 플레이어란 존재가 나타났는지 이해하려 하지 않는다.

'어째서 지구가 특별한지 저놈들은 평생 가도 이해하지 못하겠지.'

지구는 다른 별들과는 그 가치가 다르다. 이 세계에는…….

"동료가 잡혀 계신 곳은 알고 계신가요?"

"……아! 무, 물론입니다!"

카드가는 다급히 대답했다.

동료가 잡혀 있는 장소는 알고 있었다. 아니, 정확하게 말하면 진리의 탑의 연구 자료가 보관되어 있는 장소에 대해서 알고 있었다.

'동료라.'

그는 마법사에게 어울리지 않는 그 말에 비웃음을 머금었다. 동료 따위 조금도 중요치 않았다. 그들이 악마교에 잡혀 노예로 살든, 모두 죽어버리든 알 바 아니었다.

'탑의 연구 자료.'

그것이 필요했다.

'이제 헤카테 님의 지식까지도 얼마 남지 않은 마당에 이런…….'

마법의 신이자, 아득한 신화에 존재했다는 티탄 중의 하나 헤카테. 기나긴 세월에 걸쳐 그 지식의 끄트머리를 잡아볼 수 있는 희망이 생기자마자 악마들에게 습격당해 버렸다.

'후우. 그 새끼들에게 당했던 걸 생각하면……'

말 그대로 노예처럼 부려진 나날들이 떠올랐다.

'마법은 그런 하찮은 것에 쓰는 것이 아니거늘!'

마법은 오로지 진리를 탐구할 때만 사용되어야 하는 신성한 학문. 인챈트라던지 마법 물품을 만드는 등의 하찮은 일에 사용되어서는 안 되는 것이다.

'그래도 이젠 끝이다.'

카드가의 눈이 빛났다.

가디언즈의 소문에 대해서는 익히 들었다. 티베트에 있다는 거대 악마교 지부와 정면으로 싸워 승리를 쟁취해 냈을 정도로 강력한 무력 집단. 사실 현재 인류의 최후의 보루라고 할 수 있는 조직이었다.

'드디어… 악마에게서 해방되는 날이 오는구나!!'

그가 두 주먹을 불끈 쥐었다.

◆ 9장 ◆
조선의 궁궐에
당도한 것을 환영하오, 낯선 이여

"저곳입니까?"

"예."

서유럽 지역에 위치한 S급 게이트. 한국과 달리 전혀 관리가 되어 있지 않은 게이트 주변에는 몬스터들이 아무렇지 않게 활보하고 있었다.

"저 게이트 내부에 공장이 위치해 있습니다."

"게이트 내부예요?"

카드가는 고개를 끄덕였다.

강우는 흥미롭다는 눈빛으로 S급 게이트를 바라보았다. 게이트 내부에 악마교 지부가 위치한 것은 처음 봤다.

"시훈아. 일단 주변 정리부터 하고 들어가자."

"예, 형님."

이번 작전에 투입된 것은 '천랑(天狼)'부대. 대략 300여 명으로 구성된 김시훈 직속 부대로 나름 가디언즈 내부에서도 상급에 속하는 실력자들이 모인 부대였다. 한설아와 태수, 차연주와 백화연 등 강우가 익히 알고 사람들도 대부분 이 부대에 속해 있었다.

막 설립된 직후, 지리멸렬한 가디언즈 내부에서도 그나마 군대다운 모습을 보여준 특수 부대이기도 했다.

'대체 왜 천랑부대인지는 모르겠지만.'

이름 짓기 귀찮은 작가가 대충 그럴싸하면 되는 거 아냐? 라는 느낌으로 만든 듯한 어설픈 부대명. 하늘의 늑대라는 근본 없는 이름의 원흉은 김시훈의 센스였다.

'머, 멋지지 않습니까?'

자신이 지은 이름이 뿌듯한지 부대 마크가 새겨진 견장을 달고 자랑하던 김시훈의 모습이 떠올랐다.

'묘하게 애 같은 구석이 많단 말이야.'

피식 웃음이 흘러나왔다. 성격이 약간 소년 만화 주인공스러운 것부터 시작해서 유치한 명칭을 좋아하는 것까지. 20대 중반에 사춘기가 찾아온 듯한 모습을 자주 보였다.

'모나게 느껴지진 않지만.'

내로남불이라고 했던가.

만약 레이날드나 알렉이 저런 짓을 했다면 혐오감을 느끼며 실컷 깠겠지만, 김시훈이 이러니 뭔가 귀엽게까지 느껴졌다. 스스로의 이중성에 묘한 기분을 이질감을 느꼈지만 큰 신경을 쓰지는 않았다.

'안 그런 놈이 세상에 어딨어.'

철저한 신념과 확고한 가치관만으로 세상을 사는 사람이 몇이나 된다고 그런가. 아니, 심지어 그런 사람들은 정이 없다느니 융통성이 없다느니 욕을 먹는 게 이 세상이다.

'원래 내 새끼는 뭔 짓을 해도 예뻐 보이는 거지.'

아직은 다소 어색한 목소리로 천랑부대를 지휘하는 김시훈의 모습이 보였다.

아빠 미소를 짓고 있는 강우를 향해 카드가 조심스럽게 다가왔다.

"저기⋯⋯."

"아, 예. 말씀하세요."

"전에 말씀드렸듯이 지부 내부에 있는 연구 자료도 꼭 챙겨 주시기 바랍니다."

그는 불안한 표정으로 눈을 굴렸다. 어지간히도 그 연구 자료라는 것이 걱정되는 모양. 아니, 사실 동료를 구하는 것보다 그 연구 자료에 더 가치를 두고 있는 것이 팍팍 전해졌다.

강우는 사람 좋은 미소를 지었다.

"물론이죠. 신경 써서 확보해 두라고 말해두겠습니다."

"하, 하하. 감사합니다."

그가 꾸벅 허리를 숙였다.

"그나저나 그 연구 자료라는 게 뭐기에 그리 신경을 쓰십니까?"

"예? 아. 하하, 벼, 별것 아닙니다! 진리를 탐구하기 위한 자료라고 할까요."

"호오."

"아, 아직 큰 성과는 거두지 못하고 있는 학문입니다. 진리라는 것은 그 어떤 것보다 복잡하고 난해하니까요."

강우는 시선을 피하며 어색한 미소를 짓는 카드가의 모습을 바라보며 헛웃음을 흘렸다.

'진짜 연기 한 번 더럽게 못 하네.'

평생 골방에 처박혀 마법 연구만 하던 사람이라 그럴까. 연기는커녕 멀쩡한 대화조차 제대로 못 하는 것 같았다. 속아주는 척을 하는 것이 오히려 더 위험하지 않을까 걱정될 정도로 어색한 연기였으니 말 다했다.

'진리를 탐구하기 위한 연구라.'

호기심이 이는 것은 사실. 하지만 딱 호기심 정도에 불과했다.

'어차피 봐도 모를 테니까.'

수학을 전혀 하지 못하는 사람이 난해한 수학 공식이 가득한 책을 보는 것과 마찬가지. 마법적 지식이 전무한 강우가 진리 어쩌고 하는 연구 자료를 본다고 해도 이해할 리가 없었다.

'아몬이면 알려나.'

마왕군 내에서 마법적인 지식으로는 아몬을 따라갈 존재가 없었다.

잠깐 고민을 하긴 했지만 이내 고개를 저었다.

'필요 없어.'

어차피 진리에 대해서는 이미 알고 있다.

카드가의 말은 틀렸다. 복잡하지 않고, 난해하지 않고, 아주 간단하며 가까이에 있는 것이 바로 진리였다.

[강우 님, 계획대로 진행하면 될까요?]

착용하고 있던 통신기에서 리리스의 목소리가 들렸다. 강우는 대답하지 않고 고개를 끄덕였다. 이것으로도 충분했다.

[모든 것은 왕의 뜻대로.]

요염한 웃음소리가 들렸지만, 무시하며 고개를 돌렸다.

"주변 몬스터 정리가 끝나면 바로 침입을 시작하겠습니다. 카드가 씨는 본대에 붙어서 마법사들이 있는 곳으로 안내를 부탁드립니다."

"아, 기, 길 안내 말씀입니까? 내부의 길은 그다지 복잡하지 않……"

"그래도 조금 더 신속하게 작전을 수행하기 위해서는 카드가 씨의 조력이 필요합니다."

"……."

카드가가 입술을 깨물며 고개를 끄덕였다. 하기 싫어하는 티가 팍팍 났지만 상관없었다.

'거절할 명분이 없을 테니까.'

거래에서 가장 중요한 것은 누가 더 절박한지였다. 지금 강우의 입장은 절대 갑. 굳이 강압적으로 말할 필요도 없이 가볍게 언질을 주는 것만으로도 그는 거절할 수 없다.

"그럼 시작하겠습니다."

짧은 신호를 보내자 작전이 시작됐다.

300여 명의 천랑부대원들이 사방으로 흩어져 주변 몬스터들을 정리했다. 김시훈을 선두로 카드가의 안내를 따라 내부로 진입한다. 다급한 비명과 검이 부딪치는 소리, 희미한 피 냄새와 마기가 느껴졌다.

강우는 주시자의 권능으로 내부에서 일어나는 전투를 살폈다. 물론 직접 움직이지는 않았다. 움직일 필요가 없었다.

'뭐 하러 이제까지 세력을 키웠겠어.'

다 이런 자잘한 전투에 직접 움직이는 수고를 덜기 위함이 아니던가.

'내가 있으면 오히려 방해지.'

플레이어들에게 경험치는 중요한 성장 요소다.

그가 합류하게 되면 천랑부대원들에게 돌아갈 경험치가 적어진다. 아니, 하나도 남지 않게 된다.

"어디 그럼."

강우는 주변을 살폈다.

전투에 참여하지 않는다고 놀고 있을 생각은 없었다. 그에게는 따로 해야 할 일이 있었다.

강우는 천천히 발걸음을 옮겼다.

천랑부대와 악마교와의 짧은 전투가 끝났다. 결과는 천랑부대의 대승리. 악마교 내부에서도 꽤나 주요한 시설이었는지 반항이 만만치 않았지만 가디언즈 내에서도 정예만 모인 천랑부대를 막지는 못했다.

특히 천랑부대의 대장 김시훈의 활약은 압도적. 지부를 지키는 악마들을 마치 썩은 짚단처럼 가볍게 베어 넘기며 파죽지세로 진격했다.

김시훈의 무위에 대해 익히 알고 있던 천랑부대원들도 입이 쩍 벌어질 만큼의 압도적인 실력. 칠천, 팔천지옥의 악마들이 불쌍하게 느껴질 정도로 허무하게 당했다.

비단 김시훈만이 아니다. 중위를 책임지는 차연주는 단단한 선봉을 바탕으로 무지막지한 원거리 공격을 쏟아부었고 한설아는 강력한 회복마법과 버프로 선봉을 보조했다.

그렇게 날개가 받쳐주니 김시훈은 한층 더 격렬하게 전장을 휘저었고, 머지않아 승리를 거머쥘 수 있게 되었다.

"카드가!!"

"자네 무사했었나?"

사로잡힌 채 공장의 기계처럼 마법 물품을 찍어내던 마탑의 마법사들. 30명 정도 되는 마법사들이 카드가를 보고는 화색을 지었다. 깡마른 그들의 몸은 초췌했고, 다리에는 무식한 크기의 족쇄가 채워져 있었다.

"크흡! 어, 언젠가 이런 날이 오리라 생각했네!"

"더러운 악마 놈들의 손에서 드디어……!"

천랑부대의 도움으로 구출된 마법사들은 서로 부둥켜안으며 눈물을 흘렸다.

그것도 잠시. 카드가에게 시선이 모였다.

"자네 우리를 구출한 건 좋지만……."

"그걸 잊지 않았겠지?"

"하하하."

카드가는 웃었다.

사로잡힌 이들 또한 마법사. 그들이 무엇을 말하는지는 말하지 않아도 알고 있었다.

"물론이지."

마법사에게 있어서는 목숨보다 소중한 것이 바로 연구 자료다. 천 년에 가까운 시간 동안 갈망해 온 진리에 대한 실마리. 악마교에게 약탈당한 연구 자료에는 그 실마리가 담겨 있었다.

"다들 이리 따라오게."

천랑부대가 족쇄를 풀어주자마자 마법사들은 카드가의 뒤를 따랐다. 카드가는 연구 자료 안에 심어둔 추적마법을 활성화시켰다.

"어……?"

추적마법이 발동하지 않는다. 카드가는 당황스러운 표정으로 고개를 두리번거렸다.

강우가 그에게 다가갔다.

"무슨 문제 있으십니까 카드가 님?"

"아! 가, 강우 님! 혹시 아까 전에 말씀드린 연구 자료는……."

"아……."

강우가 탄성을 흘렸다.

그는 한숨을 내쉬며 그들을 이끌었다. 그곳에는 잿더미가 된 방의 모습이 보였다.

"이, 이건……!"

"제가 도착해 있을 때는 이미 모두 불타 있었습니다."

"연구 자료가, 불타 버렸다고……?"

있을 수 없는 일이다. 진리에 대한 지식이 집대성되어 있는 마법서, '헤카테의 서'는 견고한 마법으로 보호받고 있었다. 불은커녕 용암에 빠뜨려도 흠집 하나 날 리가 없었다. 헤카테의 서를 불태우기 위해서는 악마의 권능이라도 있지 않는 이상 불가능했다.

그는 다급히 다가가 잿더미 안을 뒤졌다. 반 이상이 불타 사라진 헤카테의 서가 보였다.

"아, 아아."

절망에 찬 신음이 흘러나왔다.

더듬거리는 손길로 헤카테의 서를 살폈다. 원본이 확실했다. 복제품이라면 그가 알아보지 못할 리가 없었다. 아니, 애초에 헤카테의 서는 단순히 글로 기록된 자료가 아니었다. 복제가 불가능하도록 가변성(可變性) 암호화 패턴으로 만들어진 자료였다.

차라리 훔쳐가기라도 했다면 내부에 있는 위치 추적마법으로 어디에 있는지 알아낼 수 있었지만 이렇게 되면 그 방법도 의미가 없다. 전소(全燒). 헤카테의 서는 모조리 불타 버리고 말았다.

"제길! 제기랄! 이렇게 될 때까지 뭘 하고 있었던 게냐!!!"

흥분에 찬 카드가 강우의 멱살을 틀어쥐었다. 그리고 침을 튀기며 호통쳤다.

"이 무능한 새끼들이! 이 안에 담긴 진리가 얼마나 중요한지 너희들이……!"

"진정하세요, 카드가 씨."

이성을 잃은 카드가의 어깨를 잡았다.

강우는 고개를 숙였다. 죄책감이 가득한 목소리로 말했다.

"중요한 자료를 지켜 드리지 못해 죄송합니다."

"으으……."

"하지만 그를 대신해서… 라고 하기는 뭐 하지만, 자료를 복구할 수 있도록 한국에서 연구를 지원해 드리는 것은 어떻습니까?"

"연구를 지원해 준다고?"

"예. 연구 자료라고 해도 가장 중요한 것은 카드가 님의 머릿속에 담긴 지식 아닙니까? 지원만 충분하다면 다시 이 책을 만드는 것도 불가능하지 않겠죠."

"……그렇긴 합니다만."

카드가가 눈을 빛냈다. 강우에게 무능하다 윽박지르던 그는 언제 그랬냐는 듯 다시 존대를 사용했다.

"하지만 연구에는 엄청난 자금이……."

"걱정하지 마십쇼."

강우는 웃었다.

"카드가 님이 아주 조금만 도움을 주신다면 자금은 부족하지 않도록 지원해 드리겠습니다."

"조금의 도움?"

"지금처럼 마법 물품을 만들어 저희에게 납품해 주십쇼."

"으음."

"걱정하지 마십쇼. 이곳과는 다를 겁니다. 근로 시간에 대해서는 한국의 여느 대기업 못지않게 사정을 봐드리겠습니다."

마법사들의 표정에 갈등이 서렸다.

하지만, 고민은 길지 않았다. 마탑은 악마교의 습격으로 박살 났고, 헤카테의 서는 불타 버리고 말았다. 솔직히 정식으로 피해 보상을 요구할 수도 없는 상황이다. 어찌 됐든 가디언즈는 그들을 구출해 준 은인이었으니까. 지금 상황에서 연구를 지원해 준다는 제안은 거부하기 힘들었다.

"……알겠습니다."

서른 명의 마법사들이 고개를 끄덕였다.

강우는 방긋 웃었다.

"그럼 바로 한국으로 가시죠. 아… 그런데 초기 연구 비용이 문제겠네요."

"그건 무슨 말씀……."

"사실 연구비 지원은 제 독단으로 처리하기 힘듭니다. 여러분이 만들어주시는 마법 물품이 어느 정도 가치가 있는지 확인한 후 정식으로 기획서를 제출해야 해서요."

"크흠! 저희들이 할 수 있는 건 인챈트 마법만이 아닙니다. 유용한 마법 스크롤 등의 제작도……."

"알고 있습니다. 다만 아무리 그렇다 하더라도 상부가 기획서를 승인하기까지는 꽤 시간이 걸릴 겁니다. 빨라도 반년, 늦으면 1년이 넘는 시간이⋯⋯."

"그, 그건 너무 늦습니다!"

헤카테의 지식에 닿기 위해 얼마나 많은 노력을 했던가. 기껏 악마의 손에서 벗어나 자유가 됐는데 더 이상 시간이 지체될 수는 없었다.

"음⋯⋯."

강우는 곤란하다는 듯 침음을 삼켰다.

"아! 초기 연구 비용을 마련할 한 가지 방법이 있습니다."

"오오."

"그게 무슨⋯⋯."

강우는 방긋 미소를 지으며 말을 이었다.

"신용 대출입니다."

"신용 대출?"

카드가는 고개를 갸웃거리며 동료 마법사를 향해 고개를 돌렸다. 다들 그 단어에 대해서 모르는지 어리둥절하다는 표정.

마법사들은 대부분 혈통으로 지식을 전수받는다. 어렸을 적부터 탑 안에 처박혀 어마어마한 양의 공부를 소화하고 한평생을 연구에 매진한다. 때문에 신용 대출과 같은 단어 자체를 들어볼 일이 없었다.

"그건 뭔가?"

"처음 들어보는 말인데, 자네는 들어본 적 없나?"

"나도 처음이네만……."

마법사들은 어리둥절하며 서로의 눈치를 살폈다. 서른 명의 마법사가 있었지만 아무도 대출이라는 것에 대해 알지 못했다.

강우의 눈이 반짝였다.

그는 활짝 미소를 지었다.

"신용 대출이라는 것은 여러분의 신용을 바탕으로 돈을 빌려주는 개념입니다."

"신용?"

"돈을 빌린다고?"

"그렇습니다. 사실 깊게 들어가면 꽤나 복잡하지만……. 간단하게 설명하면 그렇습니다. 돈을 빌려주면서 이자를 받는 개념이죠."

"아! 은행 같은 거로군."

"맞습니다."

강우는 사람 좋은 미소를 지으며 고개를 끄덕였다.

한 마법사가 걱정스럽다는 목소리로 말했다.

"하지만 지금 우리들이 돈을 빌릴 수 있겠나? 신용이……."

말끝을 흐렸다.

당연했다. 지금 그들은 땡전 한 푼 없는 거지와 다름없었다.

돌아갈 집도, 일을 할 직장도 없다. 길거리에 나앉은 노숙자나 마찬가지인 신세인데 신용이라는 것이 존재할 리가 없었다.

"크윽."

"빌어먹을 악마교 놈들……!"

지금 자신들의 상황에 대해 직시한 마법사들은 분하다는 듯 주먹을 움켜쥐었다.

마탑은 격변의 날 이전부터 사회 고위층을 상대로 마법 물품을 팔아왔다. 플레이어가 탄생한 이후로 마법은 굉장히 일상적인 영역이 되었지만, 그전에는 달랐다. 총탄을 막아주는 간단한 보호 마법이 걸린 아티팩트만 팔아도 엄청난 돈을 벌 수 있었다. 그를 통해 마탑은 정말로 많은 재화를 쌓았고, 적어도 돈에서는 자유로는 삶을 살아왔다.

하지만 악마교에 의해 마탑은 박살 났고 그 안에 있던 막대한 재화도 모두 그들의 손에 넘어가 버렸다.

"걱정하지 마세요."

강우는 이런 상황을 준비하기라도 했다는 듯이 손에 든 서류를 그들에게 내밀었다. 꼼꼼하게 그들이 읽을 수 있는 언어로 번역까지 한 서류. 그 서류의 상단에는 '제3금융 가로쉬 앤 캐쉬'라고 적혀 있었다.

"가로쉬 앤 캐쉬?"

"제3금융이라는 건 무슨 의미인가?"

고개를 갸웃거리는 마법사들.

강우의 친절한 설명이 이어졌다.

"제3금융이라는 것은 마법으로 치면 써클 같은 개념입니다. 1금융보다는 2금융이, 2금융보다는 3금융이 더욱 빌릴 수 있는 돈이 유동적이죠."

"호오."

"3써클이면 그다지 높은 것도⋯⋯."

"아, 마법과 완전히 같다는 건 아닙니다. 금융 쪽에서는 3금융이 가장 높은 단계예요."

"아, 그렇군."

마법사들은 이해했다는 듯 고개를 끄덕였다.

그들은 서로의 시선을 교환했다. 가디언즈의 도움을 받아 노예 생활에서 벗어나 놓고는 감사의 인사 한번 하지 못했다는 사실이 떠올랐다. 그들은 부끄럽다는 듯 고개를 숙였다. 한숨이 흘렀다.

카드가 앞으로 나섰다.

"제3금융을 소개해 주다니⋯⋯. 정말 고맙네."

카드가는 진심으로 감동받았다는 듯 말했다.

솔직히 처음에는 그를 이용할 생각만 가득했다. 가디언즈의 도움으로 노예 생활을 청산하고, 헤카테의 서를 통해 '근원'에 대한 지식을 획득할 생각만 가득했다. 심지어 헤카테의 서가 손실

됐다는 것을 알았을 때 격정에 차서 무례하게까지 행동했다.

아무리 그가 사회성이 결여된 마법사라 하더라도 목숨을 구해준 은인의 멱살을 잡는 것이 얼마나 예의 없는 짓인가 정도는 알고 있다.

'그런데도⋯⋯.'

눈시울이 붉어졌다. 쫄딱 망했다고 해도 과언이 아닌 그들의 처지를 이렇게 배려해 주는 그의 모습에 가슴 한구석이 뭉클해졌다. 연구를 할 수 있도록 도와주었고, 연구에 필요한 자금을 확보할 수 있게 도와주었다. 가디언즈를 호구 집단이라고 불렀던 자신이 부끄러웠다.

"고맙네⋯⋯. 정말 고마워."

"아닙니다."

강우가 온화한 미소와 함께 내밀어진 카드가의 손을 붙잡았다. 사람과 사람의 온기. 따듯한 체온이 교류됐다. 카드가의 입가에 미소가 걸렸다.

강우는 한숨을 내쉬며 말을 이었다.

"저야말로 죄송합니다. 제가 더 권한이 있었다면 바로 자금을 지원해 드릴 텐데⋯⋯."

"아니, 괜찮네. 돈을 빌릴 수 있다는 것만으로 어딘가."

"이자에 대해서는 알고 계십니까?"

"음⋯⋯. 빌린 것보다 비싸게 갚아야 하는 것 아닌가?"

"맞습니다. 일종의 대여료라고 생각하면 편하죠."

강우는 깊은 한숨을 내쉬었다.

"제3금융 가로쉬 앤 캐쉬는 신용에 비해 많은 돈을 유통할 수 있으나 문제점이 하나 있습니다."

"문제점?"

"이 이자가 비쌉니다."

"아……."

짧은 침묵이 흘렀다.

그때 마법사들의 눈치를 보던 카드가 말했다.

"그래도 어차피 나중에 가디언즈에서 연구 지원금이 나오지 않는가?"

"그렇죠. 승인만 된다면 바로 나올 겁니다."

"그렇다면 문제없겠군."

"하지만 이 이자라는 게 빨리 갚지 않으면 여러분의 신용에도 문제가 가서… 아, 이건 어떻습니까?"

강우는 생긋 웃었다.

"여러분이 마법 물품을 제조하는데 투자하는 시간을 조금만 더 늘려주시는 겁니다. 한국에서는 야근이라고 이걸 표현하죠."

"으음."

"납품하는 마법 물품에 가격을 매겨 연구 지원비가 나오기 전에도 수익을 얻으실 수 있도록 조치하겠습니다."

"오오."

"그렇게까지……."

감탄사가 흘렀다.

마법사들은 연신 고개를 끄덕였다.

그들이 만드는 마법 물품은 비쌌다. 물론 예전 플레이어가 등장하기 전만큼 터무니없는 가격은 아니었지만, 마법 물품은 여전히 귀했다.

퀄리티 적인 측면에서도 자신 있었다. 플레이어들 중에서도 마법 물품을 만들 수 있는 존재는 있으나 태어나면서부터 마법을 익혀온 그들이 만든 마법 물품과 비교할 수는 없었다.

"그 이자라는 것이 어느 정도인가?"

"월 이율 24%입니다. 달이 지날수록 원금의 24%씩 복리로 붙게 되죠."

"복리? 복리는 또 뭔가?"

어리둥절한 표정으로 물었다.

강우는 가볍게 웃음을 터뜨리며 말을 이었다.

"별로 크게 신경 쓰실 개념은 아닙니다. 그저 이자의 한 종류, 라고 생각하시면 됩니다."

"흐음."

침묵이 흘렀다.

"잠시 생각할 시간을 줄 수 있겠나?"

"물론이죠."

카드가가 몸을 돌렸다. 그리고 서른 명의 마법사들이 옹기 종기 모여 회의를 시작했다.

"달마다 20%라니……. 아무리 그래도 너무 비싼 것 아닌가?"

"그래도 지금 우리에게 돈을 빌려주는 게 어딘가."

"어차피 마법 물품을 만들어서 팔기 시작하면 금방 갚지 않 겠나?"

"하긴……."

다들 고개를 끄덕였다.

카드가가 입을 열었다.

"그렇다면 이렇게 하지. 연구 지원금이 나올 때까지만 그 야 근이라는 것을 하면서 마법 물품을 만드는 거네."

"오오. 확실히……."

"하지만 그렇게 되면 헤카테의 서를 복구하는데 필요한 시 간이 부족하지 않겠나?"

"듣고 보니 그렇군."

"가장 중요한 건 헤카테의 서를 복구하는 것이니……."

고민에 잠긴 마법사들.

그중 한 명이 손뼉을 쳤다.

"아! 그러고 보니 아까 저 오강우라는 자가 한국의 대기업 수준의 노동 시간을 준수하겠다고 말하지 않았나?"

"그랬지."

"하지만 대기업 수준의 노동 시간이라는 게 정확히 얼마인지……."

"후후후. 내가 그래도 전에 우연히 대기업의 근무 시간에 대해 들은 바가 있다네."

"자네가?"

의외라는 눈빛에, 말을 꺼낸 마법사는 팔짱을 끼며 고개를 끄덕였다.

"한국이 아닌 독일이긴 하지만……. 대충 하루 6시간 정도 근무를 한다고 하더군. 야근을 한다고 해도 8시간 정도일 거야."

"음……. 연구를 하기엔 부족한 시간이군."

"그래도 휴일이 있지 않나."

"아, 그렇군. 그걸 생각 못 했어."

마법사들은 고개를 끄덕였다. 하루 6~8시간. 휴일이 보장된다면 충분히 해볼 만하다는 생각이 들었다.

"적어도 지금 생활보다는 훨씬 낫겠지."

"하하. 악마 밑에서 지배받던 생활에 비할 수가 있겠나."

마법사들의 의견이 모였다.

대표로 카드가 움직였다.

"제안을 받아들이겠소."

"현명한 선택이십니다. 바로 이 서류에 사인하시죠. 한국으로

가는 즉시 연구 초기 개발 지원금 3천억 원을 대출해 드리겠습니다."

"……."

카드가는 사인을 하기 전, 강우에게 손을 내밀었다.

"고맙네. 내 절대 자네에 대해서 잊지 않겠네."

"하하하."

방긋 미소를 지었다.

"우리 함께 세계의 평화를 위해 일합시다."

강우는 다시 한번 그의 손을 잡았다.

시간이 흘렀다. 한국에 세워진 마법 물품 공장. 마탑의 마법사들이 직접 만들어내는 유용한 마법 물품은 빠른 속도로 가디언즈에 보급됐다.

호신용 아티팩트부터 각종 효과를 자랑하는 인챈트가 새겨진 무구들. 긴급 상황에서 유용하게 쓸 수 있는 스크롤과 포션까지. 마탑의 마법사들이 직접 만들어내는 양질의 마법 물품은 가디언즈의 전력을 한 단계 더 높게 증폭시켰다.

덜컹.

"카, 카드가!!"

"자네 괜찮은가?"

마법 물품을 만들고 있던 카드가 그 자리에 쓰러졌다. 마법사들이 다급히 그에게 다가갔다. 그들의 얼굴은 악마에게 노예로 잡혀 있던 것 이상으로 초췌했다.

과로로 쓰러진 카드가 덜덜 떨리는 손을 뻗었다.

"더, 더 만들어야 해…… 그, 그렇지 않으면 이자가……."

"카드가!!!"

"정신 차리게!!"

곳곳에서 쏟아지는 울음소리.

그때, 문이 열리고 어두컴컴한 공장에 불이 비치며 강우가 걸어 들어왔다.

"잘 지내고 계십니까, 여러분?"

"이, 이!"

"이 쓰레기 자식!!!!"

분노와 증오의 시선이 강우에게 집중됐다.

강우는 활짝 미소를 지었다.

"왜 그러십니까, 여러분. 서류에 도장을 찍은 건 제가 아니라 여러분들입니다."

"이건 사기야!!"

"사기가 아닙니다. 충분히 설명해 드리지 않았습니까."

그는 웃음을 터뜨렸다.

"이, 이 개자식이이이이이이!!!"

쓰러져 있던 카드가 발작을 일으키듯 일어났다. 그는 강우를 향해 달려들었다.

턱.

"커헉!"

마법사가 마법도 사용하지 않은 채 무작정 달려들었으니 그 결과는 뻔했다. 순식간에 목이 잡혀 제압당한 카드가의 입에서 신음이 흘러나왔다.

"흥분하지 마세요, 카드가 씨. 전에 한번 당하고도 아직 정신 차리지 못하셨습니까?"

"으, 으윽."

카드가의 얼굴에 공포가 서렸다. 그는 절망 어린 목소리로 중얼거렸다.

"헤카테의 서의 복구가… 진리가……."

점점 더 멀어지는 감각.

"그렇게 진리를 찾기 위해 고생하실 것 없습니다, 카드가 씨. 진리라는 건 의외로 아주 간단한 법이거든요."

"……."

강우는 공장 안에 모인 마법사들에게 몸을 돌렸다. 마치 쓰레기장을 방불케 하는 혼잡한 공장 내부. 그곳은 썩은 음식물의 악취가 가득했다.

"여러분, 사람은 먹어야 합니다. 악마가 아닌 이상 식사가 필요하죠."

강우는 바닥에 떨어진 라면 봉지를 들었다.

"그리고 먹을 것을 사기 위해서는 돈이 필요하죠."

그리고 입가를 비틀어 올렸다.

"돈을 벌기 위해서는 일을 해야 합니다."

카드가의 어깨를 두드렸다.

"하하하. 어떻습니까 카드가 씨? 진리는 의외로 간단하고 가까이에 있지 않습니까?"

"너, 너 이 개⋯⋯."

"하루에 한 끼라도 제대로 드시고 싶다면 어서 일하십쇼."

강우가 즐겁다는 듯 말을 이었다.

"일하지 않는 자에게 빵은 주어지지 않는 법입니다."

"이, 사기꾼 새끼⋯⋯!"

"어떻게 하루 종일 일을 시키고! 야근을 시키고!! 휴일도 출근하게 할 수 있는 거냐!!"

"분명 대기업 수준의 근무 시간을 약속한다 했잖아!!"

사방에서 들려오는 욕설.

"전 거짓말을 한 적이 없습니다."

강우는 개의치 않다는 듯 두 팔을 벌렸다.

"한국 대기업 수준의 근무 시간을 약속한다 하지 않았습니까?"

"그래! 분명……."

"이게 딱 그 정도의 근무 시간입니다. 아, 물론 여러분들에게 는 어마어마한 빚이 있기 때문에 조금 더 빡세긴 하죠. 하지만 그건 어쩔 수 없지 않습니까? 다 여러분이 선택한 길입니다."

적막이 흘렀다.

"아참, 그러고 보니 이 말을 드리는 것을 깜빡했네요. 하하. 이미 한국에 오신지 몇 개월이 지나셨는데 지금 와서 이런 말 을 하는 것도 웃기지만……."

사람 좋은 미소를 지으며 허리를 숙였다.

"한국에 오신 걸 환영합니다."

(헬)조선의 ╱궁궐에 ╲당도한 것을─환영하오╲낯╲선╱이여╲

"흐읍."

숨을 깊게 들이쉬자 폐에 공기가 차오르며 마기가 전신에 퍼진다. 천천히 눈을 감고, 정신을 집중했다.

'불길의 권능.'

권능을 일으켰다. 만마전의 깊은 곳, 그 안에 먹혀 들어간 마몬의 영혼을 깨웠다. 그러자 혈액에 녹아든 마기를 타고 뜨 거운 기운이 전신에 퍼졌다.

"……."

통증이 느껴졌다. 혈액 대신 용암이라도 흐를 듯한 감각. 강렬한 불꽃이 몸을 휘감았다.

강우는 샛노란 빛이 몸을 감싸는 걸 느끼며 천천히 오른손을 들었다. 그리고 중지에 찬 검은 반지, 마해의 열쇠에 의식을 집중했다. 검은 반지가 샛노랗게 달아올랐다.

치이이익!

피부가 타들어 갔다. 매캐한 연기와 함께 살이 타는 냄새가 코끝을 간질여 갔다. 녹아내린 살점이 떨어지며 검은 피가 증발했다. 하지만 무시했다.

'집중해.'

눈을 감은 채, 의식을 모았다. 난폭하게 타오르는 불길의 권능이 그의 몸 안에서 날뛰고 있었다. 제어되지 않는 불꽃. 그 불꽃을 짓누른다. 짓밟고, 억누른다.

마몬의 영혼이 비명을 지르듯 몸을 비틀었다. 고통을 느끼는 것처럼 보였다. 신경 쓰지 않았다. 신경 쓸 이유가 없다. 원혼이 내뱉은 비명을 뒤로한 채 또 한 줄기의 마기가 만마전에서 빠져나왔다.

'칼날의 권능.'

치이이이이익!!

쿠구구구궁!!

딛고 있는 대지가 녹아내렸다. 땅이 늪처럼 눌어붙으며 몸이 천천히 가라앉았다.

이마를 타고 땀이 흘렀다. 무시할 수 없는 고통이 전신에 퍼졌다. 구역질이 솟고 의식의 희미해졌다. 지금 당장에라도 손을 놓아버리고 싶다. 몸이 불타 사라져 버릴 것 같은 공포가 등골을 자극했다.

하지만.

탁.

그는 발을 내디디고, 들어 올린 오른손을 앞으로 뻗었다. 전신을 휘감고 있던 샛노란 불길이 팔을 타고 흘렀다.

그리고 팔을 타고 흐른 불길이 손에 맺혔다. 샛노랗게 타오르는 손. 그 손에 맺힌 열기를 반지에 밀어 넣는다.

"크, 윽."

신음이 흘렀다. 팔에 감각이 느껴지지 않는다. 아니, 끔찍한 고통만이 느껴진다. 땀샘에서 빠져나온 땀방울이 순식간에 증발했다.

"하아. 하아."

거친 숨을 내쉰다. 한쪽 무릎이 꺾였다. 머리가 뜨거워지고, 아무 생각도 들지 않는다. 의식이 몽롱하다.

앞으로 뻗은 오른손을 움직였다. 검지부터 중지, 약지. 조금씩. 1mm라도 좋다. 끝내 손에 맺힌 불꽃을 움켜쥔다.

치이이이이이이익!!!

바닥이 갈라지며 용암이 솟구쳤다. 지옥이 우스운 죽음의 대지가 발아래 펼쳐졌다.

움켜잡은 화염. 대공의 권능에 칼날의 권능을 겹친다. 이제까지 그 어떤 악마도, 그 어떤 대공도, 설사 신조차도 시도해 보지 못한 대공의 권능과 다른 권능의 조합.

기적이 형태를 띠었다. 샛노란 화염으로 타오르는 검이 손에 쥐었다. 이제는 마지막 단계. 구체화된 기적에 그 이름을 붙일 때였다.

입을 열었다. 생각해 둔 이름은 있었다.

"인페르노."

[`인페르노` 스킬을 습득하였습니다.]

[스킬로 등록된 기술은 조금 더 명확하고, 간결하게 사용 가능해집니다.]

[아무도 이룩하지 못한 위대한 업적을 달성하였습니다.]

[`마신이 되는 길`의 상위 퀘스트, `???`에 대한 실마리를 습득하였습니다.]

`뭐야 이건 또?`

눈앞에 떠오른 메시지창. 그 내용에 강우는 눈살을 찌푸렸다.

"마신이 되는 길의… 상위 퀘스트가 있어?"

마신이 되는 길은 아마도 극마지체, 마령 등의 단계일 것이다.

'근데 그것도 끝난 게 아닌데.'

마령은 아직 달성하지 못했다. 아니, 애초에 마령이 '마신이 되는 길'의 마지막 단계인지도 모른다. 그런 상황에서 뜬금없이 그 상위 퀘스트라니.

'블리치냐?'

뭐 이렇게 밑도 끝도 없이 복선을 던지는 거야.

"하아."

한숨부터 흘러나왔다. 강우는 상태창을 열어 '???'라 적힌 상위 퀘스트를 클릭했다.

"예상대로면……."

['???' 퀘스트의 열람 권한이 없습니다.]

"거봐, 씨바. 내 이럴 줄 알았지."

정확히 예상했던 대로의 내용에 절로 인상이 구겨졌다. 예전에 했던 하나의 맹세를 다시금 떠올릴 수밖에 없었다.

"이거 만든 새끼 만나면 반드시 대가리를 '?' 모양으로 접어 버리겠어."

하다못해 가로세로 낱말 풀이조차 힌트가 있는데 이건 힌트도 없다.

'이거 만든 새끼도 아직 뭔지 모르는 거 아냐?'

에라 모르겠다, 일단 던지고 보자는 얄팍한 생각으로 메시지를 뿌렸다는 생각을 지울 수 없었다.

"쓸."

허를 찬 강우는 불친절함의 극을 달리는 메시지창에서 고개를 돌렸다. 지금 중요한 것은 실패한 수수께끼 책처럼 '???'만 가득한 상위 퀘스트가 아니었다.

"어디."

손에 쥔 인페르노를 들었다. 아주 살짝 움직였는데도 불구하고 인페르노의 검신이 그 형태를 유지하지 못하고 흐물흐물 녹아내렸다.

'아직 완벽하지는 않군.'

스킬로 등록됐다고 하지만 그가 완벽히 다룰 수 없는 권능을 조합한 것이다 보니 그 완성도가 처참했다.

"그래도."

발을 굴렀다. 손에 쥔 인페르노를 움켜쥐고 하늘을 향해, 검을 휘둘렀다.

-오늘의 8시 뉴스입니다. 미국 에리조나주 그랜드 캐니언에 갑작스러운 지진과 함께 화산 폭발과 같은 용암의 분출이 관측되었습니다. 이 기현상을 두고 과학자들은 결코 자연 현상으로는 일어날 수 없는 일이며, 마법적인 무언가의 영향이라고 말했습니다. 해당 사건에 대해 가디언즈가 조사에 투입되었고 에리조나주에 긴급 대피령이 떨어졌습니다. 현지에 나가 있는 이한석 기자와 연락해 보겠습니다. 이한석 기자?

-예! 이곳은 현재 이상 현상이 일어난 그랜드 캐니언입니다. 협곡 사이에 용암이 흐르고 있으며 엄청난 열기가 가득합니다!

-이상 현상이 일어난 범위가 어느 정도입니까?

-현재로써는 직경 300미터에 걸쳐 용암이 분포되어 있습니다! 열기가 정말 엄청납니다! 어느 정도 열기가 심한지 제가 직접 한번 확인해 보겠습니다!

화면 너머의 기자가 협곡 사이를 흐르는 용암 근처로 다가갔다.

-으아아아아악!

애달픈 비명 소리가 들렸다.

삑. TV의 전원이 꺼졌다.

묘한 적막과 침묵이 내려앉았다.

"흐음. 일이 꽤 커졌네요, 강우 님."

"……."

침대에 엎드려 대자로 뻗어 있는 강우를 향해 리리스가 다가왔다.

"움직이실 수는 있으신가요?"

"……아니."

고개를 저었다. 인페르노를 사용한 후, 마치 만마전의 봉인을 해방한 것처럼 탈진 상태에 빠진 강우는 하루가 넘도록 침대에서 일어나지 못하고 있었다.

리리스는 그가 엎드려 있는 침대에 걸터앉았다.

"함부로 사용할 수 없는 권능인 것 같네요."

"끄응. 솔직히 이 정도일 거라고는 예상 못 했어."

파괴력이 그 정도로 거대할 줄도, 그 후유증이 이 정도로 심할지도 예상 못 했다. 몸 전체가 무거운 쇳덩어리에 짓눌리는 듯한 감각.

강우는 한숨을 내쉬며 몸을 돌렸다.

"가디언즈 쪽에 뭐 별문제는 없었지?"

"예. 마법 물품의 보급도 착실히 이뤄지고 있고 평균 레벨도 꾸준히 상승 곡선을 그리고 있어요."

고개를 끄덕였다.

마탑의 마법사들과 정당한 계약과 거래하에 이뤄진 마법 물품의 제작.

그 힘을 익힐 겸 레벨을 올리기 위해 가디언즈는 남미, 중동과 같은 몬스터에게 빼앗긴 땅을 수복하고 있었다. 적절한 장비를 지급받으며 몬스터 사냥이라는 실전 훈련을 쌓고 있다 보니 가디언즈의 전력은 나날이 발전했다.

"일단 그쪽은 걱정할 것 없겠네."

강우는 한시름 놨다는 듯 몸을 돌려 누웠다.

"루시퍼 세력과 악마교 사이의 전투는 어떻게 되고 있어?"

지금 상황에서 가디언즈의 성장보다 중요한 것은 루시퍼의 세력과 악마교의 교전. 둘 사이에서 완벽하게 어부지리를 취하기 위해서라도 서로의 전력을 최대한 소진시킬 필요가 있었다.

"아직까지는 서로 전면전은 펼쳐지지 않고 있습니다."

"흠."

'과연 어느 쪽이 우세할까?'

악마교와 루시퍼의 세력. 솔직히 둘 중 누가 우세할지는 전혀 예상도 가지 않았다.

'지금 당장은 루시퍼 쪽이 압승일 텐데.'

다른 건 다 제쳐두더라도 루시퍼 세력에는 루시퍼가 있었다. 대공 서열 3위. 루시퍼의 존재 하나만으로 힘의 균형은 평행을 이룰 가능성이 없다.

'그런데 단정 짓기에는 악마교에 대해서 확실히 아는 게 없으니.'

마몬이 악마교를 이끄는 수장이라는 생각은 들지 않았다. 분명 그보다 더 강력한 힘을 지닌 존재가 악마교를 이끌고 있을 것이다.

'누굴까.'

알 수 없었다.

고민을 이어가던 강우는 고개를 저었다. 알 수 없는 일에 선부르게 추측을 하는 것은 위험하다.

그는 상상을 단절시키며 생각을 제한했다. '이걸 것 같은데'라는 생각이 드는 순간 그 가능성 외에 다른 가능성을 생각하지 못한다. 추측은 예측이 되고 예측은 확신이 된다. 그렇게 무너지는 많은 이들을 봐왔다.

"일단 루시퍼는 지구에 온 상황인 거야?"

가장 중요한 것은 이것. 마령의 조건을 위해서라도 대공의 영혼을 먹어치워야 했다. 루시퍼의 세력과 악마교의 교전을 의도한 것은 좋았지만, 루시퍼 본인이 나타나지 않으면 아무런 의미가 없다.

'이제 다른 놈들은 먹어도 큰 의미가 없으니.'

더 이상 잡몹들에게 경험치를 얻는 것이 불가능할 정도로 성장했다. 대공이 아닌 이상 의미가 없다.

"아뇨. 아직까지 흔적도 발견되지 않은 것을 봐서 오지 않은 것 같아요."

"끄응."

눈살을 찌푸렸다.

'그렇게 했는데도 오지 않는 건가.'

조금 자극이 부족했나, 라는 생각이 들었다.

사실 지금 루시퍼 세력들이 몇 개월째 전면전이 아니라 소극적으로 움직이는 것만 봐도 전력을 다하지 않고 있다는 것은 어렵지 않게 알 수 있었다.

'그렇게 당하고 있을 놈이 아닌데.'

루시퍼, 사탄, 바알. 이 셋과 가장 오랜 시간 전투를 이어왔다. 루시퍼는 결코 이런 상황에서 숨죽이고 있을 놈이 아니었다.

'그렇다면.'

함부로 움직일 수 없는 상황이라는 것.

'곤란한데.'

루시퍼를 더욱 자극시킬 필요가 있었다. 천계의 세력 따위는 신경 쓰지 않고, 사탄 하나를 향해 광적으로 달려드는 상태로 만들어야 했다.

'문제는 그 방법인데.'

마땅히 생각나는 것이 하나도 없었다.

"제길."

두 세력을 이간질시킨 지도 어언 반년. 그동안 서로 어쭙잖은 견제만 반복하는 상황이 답답하게 느껴졌다.

"아 참, 강우 님."

"응?"

"루시퍼는 오지 않았지만, 루시퍼의 아들이라고 주장하는 악마는 지구에 온 것이 확인됐어요."

"아들, 이라고?"

"예. 무너진 악마교 지부의 영상 기록 장치를 확인해 봤는데 분명 자신을 루시퍼의 아들이라 밝힌 악마가 그들과 전투를 벌였어요."

"……."

강우의 눈이 빛났다.

'루시퍼의 아들?'

상상도 하지 못한 일이었다.

'대공이 혈육을 낳는다고?'

전무후무. 대공이 구천지옥에 존재한 지 수만 년에 가까운 시간이 지났다고 하지만 한 번도 그런 일은 없었다.

'아, 레비아탄의 경우 부모가 있긴 했지.'

레비아탄은 마물의 왕, 베히모스의 자식이었다. 베히모스가 혈육이라면 혈육이라고 할 수 있었다. 하지만 그럼에도 대공이 '자식'을 낳았다는 것은 처음 듣는 말.

"……."

침묵이 흘렀다.

강우의 눈이 빛나며 입꼬리가 슬슬 올라가기 시작했다.

"……강우 님?"

"리리스."

고개를 돌렸다.

"악마들도 자기 자식이 소중할까?"

강우의 두 눈동자에 광기가 번들거렸다. 재미있는 일이 생각났다는 듯, 입술을 핥았다.

섬뜩한 살기. 타르와 같이 점성을 띤 마기가 바닥에 낮게 깔렸다. 광기와 살기, 뒤틀린 악의가 뒤섞인다.

"……예?"

리리스의 몸이 움찔 떨렸다.

그녀는 입을 살짝 벌린 채, 바들바들 몸을 떨며 강우를 바라보았다. 그리고 천천히 입을 열었다.

"저, 저랑 아이를 만들고 싶으시다고요?"

"뭐?"

"호, 호호호. 조, 조금 당황스럽네요. 마왕님께서 이렇게 적극적으로……."

"아니, 뭔 소리 하는 거야."

"저, 저도 생각은 해두고 있었습니다만……. 조, 조금 갑작스러워서 부끄럽네요."

"저기요?"

리리스는 뺨에 손을 올린 채 도리도리 고개를 저었다. 그녀의 얼굴이 새빨갛게 물들고, 검은 머리칼이 꼬이며 녹색 촉수로 변하기 시작했다. 찰싹찰싹. 촉수로 변한 머리칼이 부끄럽다는 듯 강우를 때렸다.

'아니.'

강우는 혼자만의 망상에 빠져 상상의 나래를 펼치고 있는 리리스를 바라보며 고개를 숙였다. 그리고 두 손으로 얼굴을 덮었다.

'간만에 분위기 좀 잡으면서 말하려 했는데.'

뭔가 의미심장하면서도 간지 나는 대사였는데……. 악역 느낌이 물씬 나는 주인공이 내뱉을 법한 섬뜩한 대사였는데…….

'나한테 자꾸 왜 그러는 거야.'

제발 주인공 좀 시켜줘.

"하아."

한숨이 절로 흘러나왔다.

"그런 얘기 아니니까 일단 좀 진정해."

"아……."

리리스는 안타까운 듯 탄성을 흘린 후, 시무룩한 표정으로 고개를 숙였다.

강우는 침음을 삼키며 그녀의 몸을 가볍게 끌어안았다.

"지금 그런 걸 생각할 때가 아니라는 건 너도 알잖아."

자상한 목소리로 말했다.

딱히 그녀를 위로해 주기 위함은 아니었다.

'리리스가 없으면 곤란하니까.'

그녀는 과거 마왕군에서도, 지금 가디언즈에서도 아주 중요한 인재였다. 특히 정보의 수집, 조작 관련해서는 뭔가 신적인 존재의 축복을 받았는지 의심될 정도로 수완이 좋았다.

폐쇄적인 것으로는 둘째가라면 서러운 악마교에 들어간 지 한 달 만에 지옥의 서라는 책을 내부에 유통하는 데 성공한 것만 보더라도 그녀의 능력은 증명된 지 오래.

'리리스가 없었다면.'

루시퍼의 세력과 악마교의 교전이 어디까지 진행됐는지, 루시퍼가 왔는지 그 아들놈이 왔는지 알 방법이 없었을 것이다. 그녀가 없다면 눈과 귀를 잃어버리는 것이나 마찬가지였다.

'시무룩하게 둘 수는 없지.'

무슨 일이 있더라도 리리스는 자신을 위해 움직일 것이다. 배신할 걱정도 없다.

하지만 그것과 능률의 문제는 다르다. 명확한 보상이 눈앞에 있을 때와 없을 때 능률의 차이는 절대적이다. 늘어져 있던 예비군들이 조기 퇴소라는 보상에 갑자기 특전사로 바뀌는 것만 생각해도 보상의 힘은 의심의 여지가 없었다.

"마왕님……."

"모든 일이 끝나면, 그때 가서 진지하게 생각해 보자고."

"아아, 왕이시여……."

눈가가 촉촉하게 젖은 리리스의 몸을 떨렸다. 그리고 투명한 눈물이 그녀의 뺨을 타고 흘러내렸다.

감동에 부르르 몸을 떠는 그녀를 보며 강우는 전신을 짓누르는 죄책감을 느꼈다.

'아니, 울 줄은 몰랐는데.'

미끼를 던진 입장에서 죄책감이 들 정도로 그녀의 반응은 격했다.

리리스는 눈물을 닦고는 활짝 미소를 지었다. 주먹을 움켜쥐었다.

"후훗. 좋아요. 강우 님께서 그렇게까지 말씀하신다면 지금은 참을게요."

들뜬 목소리가 전해졌다. 한층 더 죄책감이 커졌다.

강우는 그녀의 시선을 피하며 말을 이었다.

"그래서, 어떻게 생각해?"

"악마들도 자식에 대한 정이 있냐는 거요?"

"응."

악마에게도 모성애, 부성애가 있는가. 꽤 어려운 주제였다.

'악마에게 번식은 필수가 아니니까.'

이 주제가 어려운 근본적인 이유는 악마라는 종족에게 사실상 '번식'은 필요한 요소가 아니라는 점이었다. 번식을 할 수는 있지만, 할 필요는 없다. 악마가 성교를 통해 혈육을 낳는 것은 극히 드문 일이었다.

악마는 일반적인 생물의 카테고리에 있지 않다. 그들은 구천지옥의 어둠 속, 아직 그 누구도 정체를 모르는 구천지옥의 '균열' 속에서 탄생한다. 그냥 어느 날 허공에 검은 일렁임과 함께 악마가 태어나는 것이다.

그 어둠의 정체가 무엇인지는 아무도 모른다. 마기인지, 신적인 존재의 현신인지, 아니면 구천지옥이라는 세계 자체가 만들어낸 것인지 대공조차 아는 바가 없었다.

그나마 그 균열에 대해서 알려진 정보는 3개 정도였다.

하나. 균열에서 태어난 악마는 성체로 태어난다.

둘. 균열에서 태어난 악마 중 극소수가 '권능'이라는 특별한 힘을 가지고 있다. 하지만 그렇다고 해서 권능을 지닌 악마가 무조건 강한 것은 아니었다.

'사브나크만 생각해도 그건 아니지.'

칼날의 권능을 지녔던 사브나크만 하더라도 일천지옥에서 빌빌거리는 악마였다.

'마지막 세 번째는.'

균열에서 탄생한 악마들의 힘은 태어난 그 순간에 정해진다는 것.

예외는 존재했지만, 균열에서 태어난 악마는 대부분 태어났을 때부터 그 힘의 한계가 정해진다. 일천지옥의 악마가 구천지옥까지 강해져서 진출하는 경우는 거의 존재하지 않는다는 의미. 금수저, 은수저의 개념과 같다. 그들은 태어날 때부터 거의 모든 인생이 정해진다.

대공만 하더라도 처음부터 '대공'이 되기 위해서 태어났다. 일곱 대공 중에서 처음부터 대공이 아니었던 존재는 하나밖에 없었다.

'바알.'

바알의 경우 자신과 좀 비슷한 면모가 있었다.

그는 아득한 세월을 걸쳐 일천지옥에서부터 구천지옥까지 내려와 원래 대공으로 존재했던 벨제부브를 직접 죽이고 그 자리를 빼앗았다. 그를 제외하고서는 대공은 모두 대공이 될 운명을 타고났다.

'레비아탄이 좀 애매한데.'

레이바탄의 경우 균열에서 태어난 게 아니었다. 다만, 그의 아버지가 마물의 왕 베히모스라는 것을 생각해 본다면 사실상 운명을 타고났다 해도 과언이 아니다.

'좋아, 개 같이 재미없는 설정 뿌리기는 여기까지.'

4페이지 내내 떠들었으면 이미 차고 넘친다. 이제는 슬슬 본 주제를 생각해야 할 때.

"음. 그건 저도 잘 모르겠네요. 다만, 만약 제가 왕의 아이를 낳는다면 목숨을 바쳐 사랑할 것 같아요."

리리스는 슬며시 배를 만지며 포근한 미소를 지었다.

강우의 눈이 가늘어졌다.

'그래도 혈육에 대한 정이라는 개념 자체는 있는 것 같네.'

문제는 과연 루시퍼도 그럴 것인가.

인간도 마찬가지지만 모성애라는 것은 절대적이지 않다. 자식을 위해 목숨을 바치는 부모도 있냐 하면 자식을 스스로의 손으로 죽이는 부모도 있다. 혈육의 정이라는 것은 어디까지나 상대적이다.

'시험해 볼 만한 가치가 있어.'

강우는 입가를 비틀어 올렸다.

"리리스. 자신을 루시퍼의 자식이라고 말하는 놈, 어디 있는지 조사해."

"마왕님 설마……."

"만약 내 아이를 낳는다면 목숨을 바쳐 사랑할 거라고 말했지?"

낄낄.

웃음을 터뜨린 강우의 목소리가 마치 소풍을 기다리며 잠 못 드는 아이처럼 들떴다.

"과연 루시퍼도 그럴지 한번 확인해 보자고."

"……."

◆ 10장 ◆
루시퍼의 혈육

쿠우우웅! 콰드득!

"아아아아악!"

"마, 막아!"

비명이 울려 퍼지고 끔찍한 폭음과 혈향이 통로를 가득 채운 통로 안을, 한 악마가 걸어갔다.

"……시시하군."

악마는 주변을 둘러보며 마음에 들지 않는다는 듯 가늘게 눈을 뜨고, 입을 가리며 하품했다.

주변을 쑥대밭으로 만든 악마의 이름은 루시스. 여섯 장의 검은 날개와 거뭇한 피부, 허리까지 오는 은발을 지닌 그는 얼굴만 보면 인간과 크게 다르지 않았다.

몸집도 다른 악마들에 비해 크지 않았고 흉측한 피부나 근육으로 전신이 뒤덮여 있지도 않았으며 촉수도 없었다. 언뜻 보면 퀄리티 높은 코스프레를 한 것 같은 모습.

"아악!"

"도, 도망쳐!"

하지만 도망치는 악마교도들의 표정은 마치 괴물을 보기라도 한 듯 창백하게 질려 있었다. 다른 끔찍한 외모의 악마보다 루시스에 대한 공포로 가득 찬 모습.

그 공포의 근원을 찾는 것은 어렵지 않았다.

"흥, 잡것들이."

루시스가 손을 들었다. 그러자 검은 어둠이 그의 손에 맺혔다. 그의 아버지 루시퍼, '오만'의 대공이 지닌 힘. 그는 그 힘의 일부분을 물려받았다.

콰드드드득!!

손을 뻗자 손에 맺힌 검은 구체가 앞으로 쏘아졌다. 마치 블랙홀을 연상시키듯 강력한 흡입력이 주변 모든 것을 빨아들였다. 도망치던 악마교도의 몸이 어둠에 빨려들어 갔다.

쯧. 그는 싱겁게 죽어나간 악마교도를 바라보며 혀를 찼다.

"라키스가드, 사탄의 위치는 찾았나?"

고개를 돌리며 묻자, 그의 앞에 무릎을 꿇은 거대한 악마가 다급히 답했다.

-죄송합니다. 이곳의 지부장이라는 자를 잡아 고문했지만…… 사탄의 위치는 알아내지 못했습니다.

"이번에도 못 찾았다고?"

루시스는 거칠게 일그러진 표정으로 바닥에 조아린 라키스가드의 머리를 짓밟았다.

쿵!

"무능한 놈. 대체 몇 번의 기회를 더 줘야 하는 거지?"

거친 구타가 이어졌다. 라키스가드는 피를 흘리면서도 루시스의 공격을 조금도 피하지 않았다.

"제길."

라키스가드를 구타하던 루시스는 마음에 들지 않는다는 듯 짧은 욕설을 뱉었다.

라키스가드가 천천히 입을 열었다.

-시간이 너무 지체되고 있습니다, 루시스 님.

"……."

-만약 이곳에 오신 것을 루시퍼 님이 알게 되신다면…….

"닥쳐라."

날카롭게 눈을 빛냈다.

"사탄의 목을 치기 전에는 돌아가지 않겠다."

루시스는 주먹을 쥐었다. 그의 아버지, 루시퍼에 대한 것이 떠올랐다.

'사탄의 목을 가져간다면…….'

그의 인정을 받을 수 있을 것이다.

"지금 에르노어의 상황은 어떻지?"

─……좋지 않습니다. 라파엘의 세력이 루시퍼 님을 계속 압박하고 있습니다.

"……."

침묵이 흘렀다.

루시스는 몸을 돌렸다.

"다음 장소로 간다."

─루시스 님…….

"라키스가드."

고개를 돌렸다. 허리까지 기른 은발이 요사스러운 빛으로 빛났다.

"두 번 말하게 하지 마라."

─……예.

라키스가드가 몸을 일으켰다. 5미터에 달하는 거구가 일어서자 통로의 천장이 우그러졌다.

"사탄."

그 존재의 이름을 입에 담은 루시스의 눈에 살기가 서렸다.

'건방진 새끼.'

들기로는, 과거 마계에서는 사탄이 루시퍼보다 상위의 대공이었다고 한다. 아마도 정신 나간 행동의 원인은 바로 그러한 과거의 기억일 것이다.

'감히 우리에게 전쟁을 선포하다니.'

가만히 둘 수 없다.

실제 루시퍼도 그 소식을 접했을 때 거친 분노를 표출했다. 그럼에도 그가 움직이지 않았던 이유는 단순히 라파엘의 세력 때문.

'아버지가 움직일 수 없다면.'

루시퍼의 명예는 자신이 대신 지켜주면 된다. 사탄이라는 존재가 마하니 뭐니 큰 힘을 가지고 있다고 하지만 걱정되지 않았다.

'나는 악신 루시퍼의 아들이다.'

과거 마계와는 상황이 달랐다. 루시스는 흔들림 없는 눈빛으로 걸어갔다.

콰드득!

"끄아아악!"

"아아악! 사, 살려……!"

통로를 빠져나오니 지부 밖으로 도망친 악마교도들이 그의 부하들에게 학살당하는 모습이 보였다.

"흥."

콧방귀를 뀌었다. 그들의 하찮은 무위만 보더라도 알 수 있었다.

'부하가 이 모양이어서야 그 수장이라는 놈의 실력은 볼 것도 없지.'

그는 마계의 일에 대해서는 몰랐다. 그가 태어난 것은 루시퍼가 에르노어 대륙에 오고 난 이후. 그리고 루시퍼라는 구천지옥의 대공이 한 인간 여인에게 사랑을 품고 난 이후였다.

때문에 사탄이 누구인지, 얼마나 강력한 존재였던지는 알지 못했다. 또한, 알 필요가 없다고 생각했다.

'놈이 아무리 강하다고 해도.'

아버지를 이길 수는 없을 테니까.

루시스는 자신의 손을 내려다보았다. 악마라기보단 인간에 가까운 손.

'증명해야 해.'

자신의 힘을, 자신의 존재를 증명해야 했다. 그렇지 않으면 '악마'로서 인정받을 수 없다.

루시스는 다시금 발걸음을 옮겼다.

그때였다.

-루시퍼의 아들이라고 해서 기대했더니, 그냥 머리에 피도 마르지 않은 애송이였군.

"크읏!"

다급히 몸을 돌렸다. 분명 아무것도 없었던 공간에서 검은 어둠이 나타났다.

붉은 악마 가면. 장막처럼 둘러진 어둠.

"네놈은……."

-날 찾았다고 들었다.

낄낄. 섬뜩한 웃음이 가면 사이로 흘러나왔다.

"서, 설마."

-그렇다.

장막처럼 둘러진 어둠이 넓게 펼쳐졌다.

-내가 바로 사탄이다.

다른 말로는 치트 키라 하지.

"사, 탄……?"

루시스의 눈이 커졌다.

루시퍼의 눈을 피해 지구로 이후, 계속 애타게 찾아다녔던 사탄. 마계의 대공이 그의 눈앞에 나타났다.

"하, 하하."

입가가 비틀어 올라갔다. 대체 어디로 숨었는지 전쟁을 선포한 이후 코빼기도 보이지 않던 놈이 제 발로 기어 나온 것. 헛웃음이 절로 흘러나왔다.

루시스에게서 강렬한 살기가 뿜어졌다. 그가 손을 들자, 칠흑의 어둠이 맺혔다.

"어디 처박혀서 숨어 있나 했더니, 이제야 기어 나오는군."

-호오.

가면 너머로 보이는 눈동자가 빛났다. 그리고 흥미롭다는 듯 가면이 기울어졌다.

-두려워하지 않는군.

"두려워할 이유가 있나?"

-재밌는 질문을 하는군.

사탄은 웃었다. 음산한 소리가 가면 사이로 흘러나왔다.

두려워할 이유가 있냐니. 그는 대공이다. 그 끝을 알 수 없을 정도로 드넓었던 구천지옥 내에서도 손가락 안에 뽑히는 강자. 오히려 두려워하지 않을 이유가 없었다. 물론 마왕에게 패배한 이후 그 이름값이 예전만 못하다고 하지만 어쨌든 그는 일반적인 악마와는 그 격이 달랐다.

-나를 모르나, 애송이?

"안다. 네가 마계의 대공이었다는 것도, 이곳에서 악마교라는 단체를 이끌고 있다는 것도."

-잘 모르나 보군.

"뭐라?"

-네가 진정 대공을 알았다면 그렇게 있지 못할 것이다. 루시퍼가 가르쳐 주지 않은 거냐?

"하, 전쟁을 선포하고는 쥐새끼처럼 숨은 겁쟁이가 어디 감히 아버지의 이름을 입에 담는가!"

-쥐새끼라. 그건 루시퍼 그놈도 마찬가지 아닌가?

가면 너머로 보이는 눈이 가늘어졌다. 섬뜩한 살기가 짙게 깔렸다.

-왜, 놈 대신 너 같은 애송이가 온 거지?

"널 처리하는데 아버지의 손까지는 필요 없다."

-당돌한 애송이로군.

가면이 기울어졌다.

-아니, 단순히 멍청한 것인가.

"……언제까지 그런 여유를 부릴 수 있는지 보자고."

루시스가 몸을 숙였다. 그의 손에 맺힌 검은빛이 꿈틀거리며 강렬한 마기를 뿜어냈다.

루시스는 침착한 눈빛으로 사탄을 살폈다.

'별것 아니다.'

느껴지는 존재감, 위압감은 옅다. 그의 아버지를 마주했을 때와는 비교할 수 없을 정도. 사탄이 말만 많은 머저리라는 그의 생각이 어느 정도 맞아 들어가는 듯한 감각이었다.

'할 만해.'

그런 생각이 들었다.

꿀꺽, 침을 삼키고 몸을 웅크렸다. 손을 들었다. 긴장을 팽팽히 당기고, 있는 힘껏 쏘아지려고 다리에 힘을 더했다.

그때였다.

-그러고 보니 생긴 게 악마답지 않군.

"……"

흠칫. 몸이 떨렸다.

악마답지 않다. 악마와는 다르다. 루시퍼의 자식이라고는 믿기지 않는다. 많이 들었던 말이다. 질리도록 들었던 말이다.

"닥쳐라."

이글거리는 눈빛이 사탄을 향했다.

악마라기보단 인간에 가까운 외모. 그것은 그가 악마와 인간의 혼혈이기에 자연스럽게 가지게 된 외모였다.

'저건 악마가 아니군.'

'어설픈 잡종에 불과해.'

'루시퍼 님은 왜 하찮은 인간 따위와……'

'저놈을 봐라, 어떻게 저렇게 흉측하고 나약하게 생긴 거지?'

악마와 인간의 혼혈이라고는 하나 그는 태어났을 때부터 악마와 함께 생활했다. 그들의 가치관을 배웠고, 관념을 받아들였으며, 사고를 익혔다. 악마의 시선에서 본 자신의 모습. 그것은 인간으로 치면 가축이나 벌레 따위와 몸이 섞인 듯한 혐오감을 불러일으켰다.

저주했다. 자신을, 어머니를, 그를 무시하고 경멸하는 모든 이들을.

그들에게 증명해야 했다. 자신이 악신의 아들이라는 것을, 루시퍼의 피라는 것을. 그것을 증명하기 위해서 이곳에 왔다.

'사탄을 죽인다.'

모든 악마의 공포로 자리 잡은 대공을, 내 손으로 처치한다. 그 이상으로 자신을 증명할 수 있는 방법 따위는 없었다.

─……악마와 인간의 혼혈인가.

진심으로 놀랐다는 말투. 그 말에 루시스의 표정이 거칠게 일그러졌다.

"그렇게 말하는 네놈도 인간에게 패배하지 않았던가?"

─…….

"아버지에게 들었다. 과거 마계에서 일곱 대공을 모조리 좌절시킨 마왕은 본래 인간이었다고."

침묵하는 사탄.

루시스는 차가운 조소를 지으며 말을 이었다.

"결국에는 대공이란 놈들도 인간에게 패배한 머저리 새끼들이 아닌가?"

─이 새끼 패드립 오지게 치네. 루시퍼가 들으면 피눈물 흘리겠다, 인마.

"뭐?"

─아, 크흠.

사탄이 당황스러운 기색으로 헛기침했다. 다시 원래 말투로 돌아온 사탄은 낮은 목소리로 말을 이었다.

-마왕에게 패배한 건 네 아버지도 마찬가지일 텐데.

"그건 과거의 일. 지금은 다르다."

자신 있는 목소리로 말했다.

-이 개새끼 내로남불 보소. 야 이 싸가지 없는 새… 아. 후
우, 후우.

"……."

루시스는 눈살을 찌푸렸다.

"제정신이 아닌 것 같군."

-대공은 모두 제정신이 아니지.

사탄은 근엄한 목소리로 웃음을 흘렸다.

루시스는 날카롭게 눈을 빛냈다. 더 이상 대화는 무의미했다.

"잡소리는 여기까지. 대공이라는 놈이 말이 많군."

-호오.

"네가 정말 대공이라면."

쿠구구궁.

거대한 마기가 그의 손에 맺혔다. 수십 개에 달하는 검은 구
체가 루시스의 몸 주변에 떠올랐다.

"힘으로 증명해라."

-하, 하하하하하하하하!!!

당돌한 그의 말에 사탄의 입에서 웃음이 터져 나왔다.

-좋다, 그렇게까지 말하니 네게 알려주도록 하지.

장막처럼 펼쳐진 마기. 붉은 악마 가면이 기울어졌다.

-내가 누구인지.

쿠우우웅!

대지가 진동했다. 사탄은 두 팔을 벌렸다.

-오라. 너의 가치를 증명해라. 너의 존재를 증명해라.

루시스의 표정이 일그러졌다.

"증명해야 하는 건 내가 아니다."

-말이 많군. 덤벼라.

마기를 끌어 올렸다.

"스스로를 증명해야 하는 것은 네가 될 것이다. 사탄."

-알겠으니까, 이제 덤벼라.

두 팔을 들자 검은 구체가 강렬하게 회전하기 시작했다. 그는 이 모습을 지켜보고 있는 부하들에게 소리쳤다.

"라키스가드! 두 눈 똑바로 뜨고 보아라!"

-아니, 이제 그만 덤······.

"오늘! 이곳에서 나, 루시스가 보여주겠다!!"

-저기요?

"너희가 섬기는 존재가 과연 하찮은 잡종인지, 아니면 악신 루시퍼의 뒤를 이을 악마인지!"

-제 말 들리세요?

"보아라! 느껴라! 깨달아라!"

-그만해, 나 이 컨셉 유지하는 거 슬슬 힘들어.

쿠웅!

루시스가 거칠게 발을 굴렀다. 그러자 땅에 균열이 가며 광폭한 기운이 퍼지고 허리까지 기른 찬란한 은발이 휘날렸다.

루시스는 차가운 조소를 입가에 머금으며 천천히 입을 열었다.

"이 전투로 나는 증명하겠⋯⋯."

-시바, 야 손발 찌그러들 것 같으니까 그냥 빨리 덤비라고 자식아. 아니, 나도 분위기 잡기 힘들다고. 왜 자꾸 날 힘들게 하는 거야, ××야.

"⋯⋯."

-내가 시바 이 짓거리 할 때마다 얼마나 힘든지 네가 알아 인마? 어? 아냐고? 내가 자다가 이 생각만 나면 발버둥을 친다고.

"무슨⋯⋯."

-야, 너 그거지. 혼혈로 태어나서 뭐 차별받고 그런 스토리지? 아니, 뭐 사춘기세요? 증명하긴 씨발 뭘 자꾸 증명해. 나한테 왜 그래. 좀 적당히 해야 맞장구도 치면서 분위기를 끌어올릴 것 아냐.

고통스럽다는 듯 몸을 비트는 사탄. 루시스는 마치 이중인격이라도 되는 듯한 그의 모습에 눈살을 찌푸렸다.

"말이 통하지 않는 놈이군."

-그럼 제발 그냥 싸워줘…….

"걱정하지 마라."

루시스가 살기를 흘렸다.

"이제 와서 네가 빈다고 해도 돌이킬 수 없으니까."

발을 박찬다. 손을 내뻗는다. 강렬하게 회전하는 검은 구체들이 사탄을 향해 날아갔다.

사탄의 눈이 빛났다.

-오오, 시바. 드디어.

감동에 찬 목소리. 사탄은 자신의 몸을 뒤덮은 검은 장막을 펼쳤다.

루시스가 쏘아 보낸 구체가 장막에 막혀 튕겨 나갔다.

"하압!"

양팔을 펼쳤다. 여섯 장의 검은 날개가 펄럭였다. 수십, 수백 개의 깃털이 쏟아졌다. 비처럼 쏟아지는 마기의 깃털.

콰득.

"커헙?"

사탄의 몸이 허공에 흩어지듯 사라지더니, 눈 깜짝할 사이에, 루시스의 앞에 나타났다. 그리고 손을 뻗어 얼굴을 붙잡았다.

사탄은 루시스의 머리를 잡은 채, 야구공을 던지듯 집어 던졌다.

콰드드드드득!!

뿌연 먼지가 피어오르며 루시스의 몸이 뒤로 밀려났다.

"쿨럭!"

다급히 몸을 일으켰다.

"어?"

루시스의 눈이 당황에 물들었다. 몸을 일으킨 그 자리에 이미 사탄이 도착해 있었다.

뻐억!

강렬한 싸커 킥이 루시스의 머리를 후려쳤다. 검은 핏줄기가 코에서 터져 나왔다.

"자, 잠깐."

루시스가 다급히 손을 들었다.

이해되지 않았다. 이해할 수 없었다. 아무리 대공이라고 해도 자신은 루시퍼의 아들이었다. 그런데 이 정도로 압도적으로 차이가 난다고?

-어우, 시바 속이 다 시원하네.

개운하다는 목소리.

"빌어, 먹을!!"

루시스가 거칠게 표정을 일그러뜨렸다. 그러고는 은발을 휘날리며 쥐어짜 내듯 전신의 마기를 일으켰다.

"으아아아아!!"

그가 포효하자, 양손에 맺힌 거대한 구체. 10여 미터에 달하는 거대한 마기의 덩어리가 주변 모든 것을 빨아 당기기 시작했다.

"죽엇!!"

거칠게 외치며 쏘아 보냈다. 하지만.

쩌적.

검은빛이 구체를 갈랐다. 허무하게 두 조각으로 쪼개진 구체. 흩어지는 마기를 헤치며, 붉은 가면이 나타났다.

사탄이 그의 머리를 짓눌렀다.

"커헉!"

루시스는 바닥에 머리가 처박힌 채 쓰러졌다.

사탄은 쓰러진 루시스의 목을 발로 짓밟았다.

-루시스 님!!

라키스가드라고 불린 악마가 달려들었다. 그가 사탄을 향해 당도하기도 전에, 옆에서 나타난 거구의 악마가 그를 짓눌렀다.

-커헉!

-감히 어딜 끼어드는 것이냐.

라키스가드를 짓누른 악마, 발록이 표정을 일그러뜨렸다.

곧 그의 뒤에서 느긋이 걸어온 흑발의 미녀가 라키스가드의 품을 뒤졌다.

"아, 강… 사탄 님. 여기 찾으시는 게 있었네요."

그녀가 내민 것은 검은 수정구슬.

강우, 아니, 사탄은 수정구슬을 보자 거칠게 표정을 일그러 뜨렸다.

-아씨…….

한숨이 흘러나왔다.

사탄은 흑발의 미녀가 건네준 수정구슬을 손에 들었다.

-후우.

각오를 다지는 한숨.

-이제 하기 싫은데…….

울먹이는 목소리로 중얼거리던 그는 이내 고개를 떨궜다. 다른 선택의 여지는 없었다.

'하아, 시바.'

머리가 아파 왔다. 현자의 시간이 그를 짓눌렀다. 자본에 굴복한 털북숭이 아저씨가 어쩔 수 없이 말끝마다 냥, 냥이라는 어미를 붙이며 게임 홍보를 하는 기분. 자괴감이 그를 짓눌렀다.

'먹고 살기 힘들다 진짜.'

언제까지 이렇게 살아야 하냐.

우웅.

곧 검은 수정구슬에서 빛이 흘러나오고, 거울처럼 둥그렇게 형상을 이룬 구슬을 통해 한 악마의 얼굴이 보였다.

수정구슬 너머로 보이는 악마가 두 눈을 부릅떴다.

[너는…….]

"크흠."

'감정 잡고.'

사탄은 음산한 목소리로 말을 이었다.

-나는 죽음이다. 나는 종말이다. 모든 분노한 자의 어버이이며, 분노 그 자체다.

'좋아. 감정선 나쁘지 않아.'

장막처럼 드리워진 어둠 속에서, 붉은 가면만이 선명했다.

-나는 사탄이다.

'키햐아아아아! 이거지! 이게 대공이지! 이게 사탄이지!'

느껴지는 자괴감과 별개로, 입은 자연스럽게 움직였다.

[이게 무슨······.]

수정구슬 너머로 보이는 악마, 루시퍼의 입에서 당황스러운 목소리가 흘러나왔다. 그의 눈에 붉은 악마 가면을 쓴 사탄과 그의 발아래 짓밟힌 루시스의 모습이 보였다.

[무슨 짓을 한 거냐, 사탄. 왜 거기에 루시스가 있지?]

가늘게 눈을 뜨며, 난폭한 살기가 담긴 목소리로 물었다.

사탄은 루시스를 밟은 발에 힘을 주었다.

"커헉!"

애처로운 신음. 바닥에 쓰러진 루시스가 물고기처럼 파닥였다.

-글쎄, 나도 잘 모르겠는걸? 네 아들에게 직접 물어보는 게 어떨까?

느긋한 목소리로 말하자 루시퍼의 표정이 일순 딱딱하게 굳었다. 사탄이 에르노어 대륙까지 건너와 루시스를 데려간 것은 아니었다. 그랬다면 자신이 눈치채지 못할 리가 없었다. 남은 경우의 수는 한 가지.

[라키스가드.]

-죄, 죄송합니다! 루시퍼 님!!

발록에게 제압된 라키스가드가 머리를 조아렸다.

그 짧은 반응만으로 어떻게 된 상황인지 어렵지 않게 이해할 수 있었다. 루시스가 홀로 지구로 들어갔고, 사탄과 대적했으며, 패배했다.

사실 사탄과 대적한 시점에서 패배는 이미 정해진 것이었다. 루시스는 모르지만, 루시퍼는 알았다. 대공이라는 것이 얼마나 '이질적'인 존재들인지. 자신의 아들이 감히 그들을 상대할 수 없다는 것 또한.

루시퍼의 표정이 일그러졌다.

[한심한 자식.]

"아, 아버지……."

루시스는 충격을 받은 듯 몸을 떨었다.

그는 거칠게 입술을 깨물었다. 고개를 숙인 채, 입술을 파르르 떨었다. 공포와 후회, 분노가 뒤섞인 복잡한 감정의 덩어리가 느껴졌다.

-자, 그렇다면.

사탄이 느긋이 말을 이었다. 붉은 가면 너머로 보이는 두 눈이 광기에 번들거렸다.

-왜 이 애송이 놈을 죽이지 않았는지는 알고 있을 테지?

적 수장의 아들을 잡았다. 그 목적을 예상하지 못하는 머저리는 없을 것이다. 루시퍼는 덤덤한 목소리로 말을 이었다.

[죽여라.]

-호오……?

[세상모르고 설치는 자식을 챙겨줄 의무는 없다. 죽여라.]

건조한 말투. 조금의 정(情)도 섞이지 않은 메마른 목소리. 얼음장처럼 차가운 눈빛이 루시스를 향했다.

[결국 잡종의 한계인가.]

"크윽……."

루시스가 입술을 깨물었다.

그의 뺨을 타고 눈물이 흘러내렸다. 몸이 떨렸다. 숨이 제대로 쉬어지지 않았다. 잡종. 삶을 옭아매는 저주와 같은 말이 그를 자극시켰다.

이제까지 수많은 악마들이 그를 잡종이라 불렀다. 뒤에서든, 앞에서든. 그를 따라붙는 수식어는 변한 적이 없었다.

하지만 아버지에게, 루시퍼에게 '잡종'이라는 소리를 듣는 것은 처음이었다.

'아파.'

가슴이 찢어질 듯이, 심장이 도려내지듯 아파 왔다. 정신이 흐릿해지는 감각. 그 몽롱한 감각 속에서, 음산한 웃음소리가 들려왔다.

-루시퍼.

[……]

-그래도 네 혈육이 아닌가?

[의미 없다.]

차갑게 타오르는 눈빛.

루시퍼는 메마른 목소리로 말을 이었다.

[언제부터 악마에게 혈육이 중요했다는 거지?]

-흐음.

[어쭙잖은 수작질하지 마라, 사탄. 번식이 필요 없는 악마에게 혈육의 정을 기대하는가?]

당연한 물음. 애초에 번식이 필요하지 않은 악마가, 혈육에 대한 정을 가지고 있다는 것은 아이러니한 일이다. 하지만.

-그렇다면.

사탄은 루시퍼를 응시했다.

-어째서 너는 자식을 낳은 거지?

[……]

루시퍼의 입에 굳게 닫혔다.

그의 말은 모순되어 있다. 소중하지 않다면, 의미가 없다면, 루시스를 낳은 이유가 없다. 만약 의도해서 생긴 것이 아니라 하더라도 임신 중 몇 번이나 지울 수 있었을 것이다. 대공이 낙태에 대해 죄책감을 가지고 있다는 생각은 너무 희망적이다.

[……사고였다.]

-사고라.

사탄은 웃음을 흘렸다.

-루시퍼.

루시퍼는 답하지 않았다.

사탄은 낄낄 웃으며 손을 들었다. 그리고 내려쳤다. 검은 칼날로 루시스의 머리를 노리며 거울 너머로 보이는 루시퍼의 얼굴을 응시했다.

[그……!]

그러자, 평정을 유지하지 못하고 일그러지는 그의 표정이 보였다. 다급함에 입을 열었다가, 이내 자신이 무엇을 했는지 깨닫고는 입술을 깨문다.

사탄은 배를 잡고 폭소를 터뜨렸다.

-하하하하하하!!!

악마에게 혈육의 정이 있는가. 가능성이 적은 도박은 사실 처음 루시퍼와 '연락된' 순간 그 결과가 나왔다. 루시퍼가 정말 루시스를 아무 가치도 없다고 생각했다면 그는 연락을 끊었을 것이다. 아니, 애초에 받지도 않았을 것이다.

받을 이유가 없다. 루시퍼가 연락을 받고, 구차한 변명을 이어간 시점부터 이미 승부는 갈린 것이나 다름없다.

-너도 꽤나 귀여운 짓을 하게 됐군. 아버지의 마음이라는 건가?

[…….]

"아, 아버지……."

루시스는 울먹이는 목소리로 고개를 떨궜다.

"죄송… 합니다."

[시끄럽다.]

루시퍼는 차가운 목소리로 말했다.

그는 복잡한 표정으로 루시스를 바라보았다. 철없는 자식이 사고를 쳐서 사형수가 된 기분이 이런 기분일까.

[원하는 게 뭐지?]

결국은 원점. 주도권은 사탄에게 있다는 것을 루시퍼는 인정했다.

사탄은 느긋한 목소리로 말을 이었다.

-내가 원하는 게 뭔지는 이미 알고 있지 않나?

[……전쟁.]

-그렇다, 루시퍼. 피와 살육, 파괴와 광기가 가득한 전쟁을 펼치자. 서로를 죽이고 뜯어먹고 배를 불리는 전쟁 말이다.

[지구에 가더니 더 미쳐 버리고 말았군.]

루시퍼는 질린다는 듯 말했다.

그가 기억하는 사탄은 이 정도로 미쳐 있지는 않았다. 적어도 대화가 가능하고, 판단이 가능한 적이었다.

[지금 악마들이 어떤 상황에 처해 있는지 알고 있나?]

노기 섞인 목소리.

[에르노어, 환(晥), 네가 살고 있는 지구까지.]

나열되는 3개의 세계. 그중 1개는 들어본 적 없다.

[천계의 세력은 구천지옥과 연결된 모든 세계에게서 악마들을 배제하려 한다.]

루시퍼가 씹어뱉듯 말을 이었다.

[구천지옥은 모든 세계에서 완전히 고립될 것이다. 이것이 무엇을 의미하는지는 너도 알고 있지 않나?]

날카로운 눈빛이 사탄을 응시했다.

[다시는 돌아갈 수 없게 된다는 것이다. 구천지옥으로.]

-.......

이어지는 루시퍼의 말에 사탄은 굳게 입을 다물었다. 그리고 가늘게 몸을 떨었다.

결국, 터져 나오는 웃음을 참지 못한 그가 배를 움켜잡고 웃었다.

-무슨 상관이지?

[뭐라?]

-구천지옥으로 돌아가지 못하는 게, 무슨 상관이지?

[제정신으로 하는 소린가?]

-나야말로 묻고 싶군.

붉은 악마 가면이 기울어졌다.

-우리가 제정신이었던 적이 있었나?

[…….]

우드득.

"아아아아악!!"

루시스의 팔을 짓밟자 기형적으로 꺾인 팔에서 검은 피가 흘러나왔다.

터져 나오는 비명에 루시퍼의 표정이 딱딱하게 굳었다. 최대한 아무렇지 않은 척하려 했지만 이미 표정에서 초조함이 적나라하게 드러났다.

[사탄.]

이글거리는 눈빛. 짙은 살기에 찬 목소리로 루시퍼는 말을 이었다.

[멈춰라.]

-멈추게 하고 싶으면 어떻게 해야 하는지 알고 있지 않나?

사탄이 두 팔을 벌렸다. 그러자 밤이 된 듯, 주변의 빛을 어둠이 먹어치웠다.

-이곳으로 와라, 나를 죽여라. 그러지 않으면…….

우득.

발을 비틀었다. 기형적으로 꺾인 루시스의 팔이 짓이겨졌다. 다시금 끔찍한 비명이 울려 퍼졌다.

[멈추라고, 했다.]

씹어뱉는 듯한 목소리. 섬뜩한 분노가 수정구슬 너머로 전해졌다.

사탄은 웃으며 느긋하게 말을 이었다.

-네 아들은 이곳에서 죽게 될 것이다.

[……]

루시퍼는 굳게 입을 다물었다. 그리고는 혐오스럽다는 눈빛으로 사탄을 노려보았다.

[역겹군.]

-흠?

[싸구려 인질극이라니, 부끄럽지도 않나?]

유치한 도발.

-언제부터 우리가 그런 걸 따지기 시작한 거지?

사탄은 깊게 가라앉은 눈빛. 광기가 번들거리는 눈으로 말을 이었다.

-악마의 싸움에 인정을 바라나? 도덕과 양심을 기대했나? 정정당당하고 아름다운 전투를 생각했나? 적당한 선에서, 서로 불쾌하지 않을 정도의 협의를 맺고 싸우길 원했나?

헛소리.

-정신 차려라, 루시퍼. 우리는 그러지 않았다. 그렇게 싸운
적이 없다. 마왕과의 싸움을 기억하는가? 그때 우리는 어떻게
했지? 정정당당히 싸우기 위해 순수하게 힘을 겨뤘나?

그러지 않았다. 납치는 기본, 온갖 모략과 이간질, 오해와
곡해 속에서 싸움은 이어졌다.

마왕의 부하를 제압해 폭탄을 끌어안고 마왕군으로 돌진하
도록 만들었다. 역병과 저주를 퍼뜨려 마왕을 섬기는 악마들
을 몰살시켰다. 마왕이 소중히 여기는 부하를 잔혹하게 해체
해 보내기도 했다.

-이제 와서 선량한 척 가면을 쓰려 하는가? 자비와 양보를
구걸하나? 오히려 내가 더 역겹군. 뭐가 그렇게 널 한심하게 만
든 거지?

[……]

-날 비난하고 싶은가? 아들을 납치해 협박하는 저열한 인질
극을 욕하고 싶은가?

사탄은 고개를 숙였다.

수정구슬 가까이 다가간 붉은 가면. 그 너머에 눈동자가 노
란색으로 빛나고 있었다.

-그렇다면 와라, 루시퍼. 분노에 미쳐서, 증오에 눈이 멀어서
싸워라. 그리고.

음산한 웃음소리.

-나를 죽여라.

콰아아앙!!!

거대한 폭음이 들렸다. 루시퍼가 앉아 있던 거대한 왕좌가 산산이 박살 났다.

[마지막, 으로. 제안하겠다, 사탄.]

억눌린 목소리. 머리끝까지 차오르는 분노를 필사적으로 찍어 누르고 있는 것이 전해졌다.

[내가 지금 모든 것을 포기하고 그곳으로 가면, 천사들의 다음 타깃은 너다.]

그는 깊게 가라앉은 목소리로 말을 이었다.

[천사들이 너를 먼저 노리지 않고 환 대륙으로 가리라 기대하지 마라. 그들의 다음 목표는 사탄, 네가 될 것이다. 내가 그렇게 되도록 만들 것이다.]

협박을 섞었다.

쩌적. 쩍.

루시퍼의 마기를 견디지 못한 수정구슬에 금이 가기 시작했다. 그가 어느 정도로 분노하고 있는지 알 수 있는 상황.

[이 싸움에 승자는 없다. 이기든 지든, 모든 것을 잃을 것이다. 그래도 나와 싸우겠나?]

-…….

사탄은 답하지 않았다. 그저 천천히 발을 들어, 루시스의 다른 쪽 팔을 짓밟았을 뿐.

우드드득!

고통에 찬 루시스의 비명. 대답은 이것으로 충분했다.

-내가 누구라고 생각하나? 죽음이자, 종말이며, 분노다. 나는 사탄이다. 천사건 신이건 상관없다. 모조리 오라고 해라. 와서, 나와 싸우라고 전해라. 네가 어떤 말을 하건, 나는 멈추지 않는다.

왜냐고?

'내 일 아니니까요오오오오옷!!'

사탄 코인 떡상 갑니다아아아아아아!!

To Be Continued